LOCUS

LOCUS

LOCUS

LOCUS

RECREATION

R81
埃及王子前傳：天神家族 *Reignited*

作者：柯琳·霍克（Colleen Houck）
譯者：柯清心
責任編輯：翁淑靜　封面設計：林育鋒
校對：陳錦輝
出版者：大塊文化出版股份有限公司
台北市10550南京東路四段25號11樓
www.locuspublishing.com

讀者服務專線：**0800-006689**
TEL：(02) 87123898　FAX：(02) 87123897
郵撥帳號：18955675　戶名：大塊文化出版股份有限公司
法律顧問：董安丹律師、顧慕堯律師

總經銷：大和書報圖書股份有限公司　地址：新北市新莊區五工五路2號
TEL：(02) 89902588　FAX：(02) 22901658
排版：洪素貞 製版：瑞豐實業股份有限公司
初版一刷：2018年9月

定價：新台幣250元
Printed in Taiwan

埃及王子前傳 : 天神家族Reignited / 柯琳.霍克(Colleen Houck)著 ; 柯清心譯. -- 初版. -- 臺北市 : 大塊文化, 2018.09
面； 公分. -- (R ; 81)
譯自 : Reignited
ISBN 978-986-213-913-4(平裝)

874.57　107011304

REIGNITED

埃及王子前傳
天神家族

COLLEEN HOUCK
柯琳·霍克 著　　柯清心 譯

獻給Becca，Sam和Josh，他們教我喜愛上《Doctors》。

愛的藉口

——古埃及情詩（取自埃及神話與傳說，Donald Mackenzie 著）

頭昏欲嘔
疲累無神
我鎮日臥床；
朋友們將聚集到
我身邊
而她將跟隨他們
在夜間來臨。
她將令
醫師蒙羞
對我大惑不解，
因為僅有她一人
我心愛的那位，
了解我的
病。

斑鳩之歌

——古埃及情詩

我聽到你的聲音了，噢
斑鳩——
黎明兀自輝煌著——
我為愛而疲累
為愛，
憔悴
不是的，噢，美麗的
空中飛鳥，
歡樂無可否認……
因我已找到
心愛的，我的愛；
我就在他身邊。
我們一起往前漫遊，
手攜手
穿越繁花盛開的路徑
走著——
我是這裡最美的，
因為他說
我是。

序幕

成長

塞特蹲下來，望著在他腳邊發顫的凡人婦女，那是一次意外──一場美好、可怕、難以置信的意外。狂喜與驚懼在他心中糾纏，直到他剛才所為造成的情緒翻騰，搞到快吐為止。原來他……是這樣的人。

幾百年過去了，塞特完全未展現出任何神力。奧西里斯──高大英俊，下巴有道淺溝，他笑容燦爛，是所有人最愛慕的英雄──從小個頭就高，喜歡賣弄他的本領。伊西斯──塞特那位美麗優雅而令人敬畏的姊姊──則是位不折不扣，完美無缺的冰山女神。如果他能有伊西斯一部分編造咒語和操控魔法的能力，他一定會感謝群星，惜福惜命。

就連本領不怎麼樣的奈芙絲，也培養出預見未來的能力，並遙遙領先他，很早之前便能解讀星群傳遞的訊息了。

不公平。

塞特站著，握拳思忖，不理會在他面前痛苦翻扭的女人。

他是最後一個出生的，年紀最小。混沌之水在他出生時幾近枯竭，這不是他的錯，但他卻是爲此付出代價的人。當兄姊們演練發展各自的本領，在夜裡爭相彼此炫技時，他只能滿心嫉妒，胸口發緊，咬牙切齒地在一旁看著，一邊猜疑自己能否在宇宙間找到自己的份位。

在青黃不接的青少年時期——由於天神的壽長與星辰相同，因此青春期比凡人的長上千萬年——他會執著地接連練習數日和數週，不吃不喝不休息，直到筋疲力竭地癱臥在象徵他父親胸膛的山谷裡，暫時歇息。他原本希望父親至少能認可他的努力，留意到他頸背上淌下的汗水，和那張過熱的紅臉。可是大地之神根本不在乎這些事，事實上，他覺得這個么兒毫無長進，一點都不像天神。

當塞特抱怨並乞求關注時，他的父親蓋伯頂多震搖一下大地。於是乎，塞特便不再尋求他的指引了。

接著塞特將眼神調往天空，對俯望他的母親發出呼喊，她髮上的雲朵因之擾動，但母親除了落淚，毫無安慰他的辦法。鹹鹹的水珠滴落下來，不久塞特便坐在一灘悲傷之中了。罷了，蓋伯和努特是不會幫他的。

有一次，他去找爺爺尋求建議，但風神舒僅是教誨他莫再發牢騷，安分地認命，若是做不到，便應該努力效法哥哥奧西里斯的做法。爲了安撫塞特的怨言，舒吹送強風，吹乾少年塞特的眼淚，可是強烈的熱風不斷襲擊，將他吹過半個地球後，塞特才勉強抵住這位長者的推送。

後來塞特索性不再求助於他們，漸漸不與長輩和兄姊們來往，不理會他們召集他參加新籌組的九柱神1的冗長會議。

他幹嘛在乎人類的苦難，或宇宙的治理？宇宙對他做過什麼了嗎？何況他實在受不了看到姊姊們悲憐的神情，更討厭的是，每次奧西里斯大駕光臨赫里波利斯的廳堂時，眾姊妹那種喜孜孜，樂陶陶的模樣。

事實上，過去一個世紀，他造訪赫里波利斯只爲了看伊西斯。許多漫漫長夜，塞特依靠在擦著她窗口的茂密枝枒上。伊西斯經常出門處理天神領袖亞曼拉指派給她的工作，害塞特失望地離開那棵樹，且脖子歪扭得有些不適，任何稍具威望的天神，應該都不至於如此。塞特的耐心偶爾能獲得回報，讓他毫無遮攔地看到這位冰山公主準備就寢的過程。

一開始，他偷窺伊西斯，是爲了偷師她的祕密，記下她所編造，並在就寢前練習的咒語。然而塞特很快發現，無論自己再怎麼細心，或一字不漏地仿造咒語，他就是無法像伊西斯那樣施展法力。即使如此，他依然深受她吸引，不時來到她的窗外。

伊西斯十分冷豔而令人生畏，塞特認爲她是眾手足中才情最高的一位。他夜復一夜，不安地坐著，想像自己奪走她的本領，據爲己有。他一定要修改她的法力，用到自己的企圖上，到時便不會有人用同情的眼光看他，或看到他笨拙地施法，而忍不住皺眉了。如果他能得到伊西斯的本領，就不會那樣了。

最初塞特只是想奪取她的法力，後來隨著時日經過，塞特逐漸長大成人，他的幻想起了變化。他對伊西斯的病態迷戀，已嚴重到會忽略自己的生理需求了。挨餓雖然痛苦，但不至於要命，而其他兄姊不是毫不在乎，就是不曾注意到他眼底透出的邪氣和那頭稀薄的頭髮。反正奧西里斯在的時候，壓

1 九柱神（Ennead）：埃及神話中最重要的九位神祇，分別是：太陽神拉、風神舒、雨神泰芙努特、大地之神蓋伯、天空之神努特、農業之神奧里西斯、生育之神伊西絲、風暴之神塞特、死者的守護神奈芙絲。

根不會有人注意到他。

當他棲踞在樹枝陰影裡，望著她梳理頭髮時，他會喚來一股輕風——這樣輕微的事，根本算不上是本領，卻耗費他極大的力氣——將她優雅頸項上的香氣，往他的手吹拂，塞特會抓住香氣湊到自己臉旁，直到氣味在數小時後消散。

然後他會拿出日間藏匿的東西，抽出他從伊西斯的浴池中取得的羽毛撫著，邊用大拇指輕輕繞觸羽毛，邊想著羽毛的主人。等伊西斯終於睡著後，他會盡可能地讓自己舒服，同時小心翼翼地，讓心中私密黑暗的念頭凝聚成思，逐漸扎根於心底。

若是塞特信心強一些，早在多年前便會表達愛慕了，他會去向伊西斯告白，告訴她奧西里斯不值得她青睞，而眞正的渴望，比迷人的笑容和寬碩的肩膀更爲可靠。

不。

眞正的渴望，是凝望她時，四肢感覺的震顫。塞特渴望將伊西斯納入自己體中，創造一個僅有他們倆存在的世界，並以宇宙之王與后的姿態出現，讓所有人臣服於腳下地崇敬他們。塞特看著伊西斯時，心中想的便是這些畫面，沒有別的人值得他愛了。

尤其現在，他終於有了自己的法力。儘管因花費漫長的時間才出現，令他疲倦焦慮、恐懼到信心全無，但塞特覺得這一切都值得，因爲他的本領是最恐怖也最厲害的——他擁有滅絕的力量。

從這位在地上翻騰的婦人身上便能得到證實。之前塞特被她瘋狂的哭號弄得十分煩躁，婦人的麥田被塞特放火燒了，因為他知道奧西里斯去年曾經來訪，對所有人暢談耕種及自食其力之必要。

塞特一看到奧西里斯用培育植物的小本領產出的成果，便火冒三丈。他覺得那根本是毫無意義的雕蟲小技，因此決定燒掉麥田。也許是出於小心眼，也許是因為嫉妒吧，反正這樣一來，必然會傷到亞曼拉最疼愛的黃金男孩。而且，看到動物們在煙火中飛奔逃竄，也令塞特相當開心。知道這些次等生物畏懼他，害怕他的法力，讓塞特頗為得意。用自己新發現的本領惹怒他老哥，讓塞特覺得高人一等。

接著那名婦人出現了，婦人奔出她的小屋，撲到塞特腳下，用粗實的臂膀抱住他的腿，一張髒兮兮的圓臉脹得通紅。她哀求塞特大發善心，請「法力無邊的天神」拯救她在田裡拾穗的丈夫。

塞特不理，粗暴地將她甩到一旁，卻聽婦人大罵，說他一定就是傳聞中那個「沒有用的天神」。她仰天高喊，熱切地呼求奧西里斯幫忙。

一個凡人竟敢罵他沒用，令塞特震驚不已，更諷刺的是，他竟然動彈不得。但塞特的驚愕很快轉成了流竄全身的狂怒。之前就算他對婦人有過絲毫同情，也已被怒火吞噬了。塞特通常對萬物冷漠無感，不像亞曼拉和其他大神那樣老愛談論他們。

塞特不等婦人把奧西里斯的名字說完，已一把掐住她喉頭，將婦人從地上拔起搖晃著，「妳給我立刻閉嘴，別再亂叫。」塞特見婦人不從，便一把將她摜到地上，吼道：「希望老天在我眼前把妳的臉擦掉！」

婦人的哭喊戛然而止，僅能聽見獸隻的嗚咽與烈焰燃燒麥田的聲音。婦人四肢趴地，渾身顫抖，卻未能發出聲音。

塞特把靴尖探到婦人胖壯的身體下，將她踹到一旁，婦人的身體隨之翻滾。塞特倒抽一口冷氣，婦人原本的鷹勾鼻、蒼白的薄唇和一雙長得太靠近的眼睛，此時成了扁平的橢圓形，本該是面容的皮膚，平滑得有如一顆變紅的桃子。

婦人抬手抓耙皮膚上嘴巴與鼻子的部位，可是就像開關被關，她的身體抽顫著，然後一頹，便死了。沒了嘴巴鼻子，婦人根本無法呼吸。塞特抬起頭，震驚、興奮又覺得噁心。這是他造成的嗎？

為了進一步確認，塞特抬手伸到婦人的腳上，動念要它消失。

那雙腳突然間，連同婦人穿的髒污靴子一起消散成薄煙，僅留下無腳的殘腿了。塞特很快地一連串滅掉從燃燒的麥梗竄出的蛇，接著幾隻老鼠消失了。然後塞特開始奔跑，或整隻或部分地滅去各種走獸。

他揮手滅去岩石與樹木，當他遇見燒得奄奄一息的農夫時——也就是死去的無臉婦人的丈夫——塞特一點一滴地慢慢將他滅去，他決定只留下男人的身軀和頭顱，好弄清自己能如何凌遲一個還活著的人。

現在他已經準備好了，現在他是個完整的天神了，他終於找到神力，而且這本領比他原本希望的還要強大。

現在沒有任何事。

沒有任何人。

能夠挑戰他了。

這個世界、宇宙已準備被毀了。他的第一站，就是那位他日思夜念的美人。

伊西斯就像懸垂在矮枝上的熟果——飽滿多汁，渴望被食，而塞特從未如此飢餓過。

1
嶄露頭角

號角響起，在赫里波利斯的山巒谷地間迴盪不去，伊西斯火速起身，使得她剛才在紡車邊所坐的凳子在她背後翻倒，大腿上的一綑灰色毛線也落在地上。圍聚在女神四周的婦女們哈哈笑著，嘖嘖彈舌，一邊撿起軟軟的羊毛線，抖掉上頭的塵土。

「去吧，去呀。」她們催促她，並說：「等有空再回來，這期間我們會輪流練習您教我們的技法。」

伊西斯對眾人優雅一笑，她雖然希望在離開村子時，能表現出天神的威儀，朝鎮民點頭，拍拍總是圍在她身邊的孩童的頭，但伊西斯的心思早已遠飄，導致反應比平時更草率而心不在焉。她一越過小鎮邊界的石牆，便張開強大有力的翅膀，飛入天空。

金色陽光照在她的翅膀上，一股能量竄過她全身，帶給她暖意，伊西斯的臉頰紅到刺痛。她用手掩住自己的臉，真不知怎麼搞的，只因為他回來了，自己便興奮成這樣。伊西斯飛越丘陵山谷，她的影子隨地勢起伏，就像她洶湧翻攪的心情。

她穿空直上，藍天漸漸變黑，她聽到群星發出低語，歡迎她返家。她穿過區分凡間與神界的屏障，像顆熾熱明亮的彗星般疾速掠過太空，黑暗朝她聚攏，捕捉她的身形，將她帶入另一個空間。那空間裡靜謐無聲，伊西斯在轉換的過程中，陷入自己的思緒裡。

她這迅速茁生的情愫，實在是……不恰當。伊西斯雖然明白，卻情不自禁，只要一想到他，心臟便狂喜躍動，若硬去壓抑，感覺也很不對。伊西斯努力地扮演稱職的女神，在他遠走他方，執行任務的漫長分離期間，忽略她萌生的愛意。可現在他回來了，伊西斯再次心情湧動，她知道自己未能徹底將他忘掉。

伊西斯雖一向樂於工作——教導凡人編織、磨玉米、使用草藥醫病——可是最近她的生活中有其他事，某個人，占據了她的心思，害她無法專心。她常發現自己在做白日夢，或望著遠方地平線，思忖他此時人在何處，是否跟她思念他一樣地想念自己。

夜裡，伊西斯就寢時，便用沉重的雙翼裹住身體，她好希望那柔軟的羽毛就是他的雙臂。年少時他經常那麼做，他們玩鬼抓人時，他會將她的雙翅緊扣在她身上，他從不會弄痛她，僅是防止她逃脫，直到她認栽被抓為止。最近伊西斯常回想當年的追逐，但這次她希望讓他逮住，一想到之後可能發生的事，便令她難以呼吸，無法入眠。

凡人男子常為伊西斯傾倒，懇求她的青睞，並發誓永遠愛她。有些人甚至大膽地伸手碰觸她敏感的翅膀，可是被伊西斯一瞪後，便害怕地垂下手了。

雖然就技術層面上，神人可以相戀，但伊西斯從未遇見能引起她興趣的凡人男子。何況，凡人的壽長在女神眼中，短如蜉蝣，她若放任自己愛上凡人，便得看著他衰老，受病痛或甚至風霜雨雪之苦。

伊西斯覺得把自己跟一名凡人綁在一起相當殘酷，她見過塞特玩弄人類的情感，凡人總是沒有好下場。幸運的幾個，在塞特消失後，還會想念他幾年。運氣差的……呃……她不願多想。塞特有他的……脾氣。不行，伊西斯要永遠當自己——當一名女神。女神的愛，便足以令一名凡人男子發狂了。

還有，伊西斯雖心腸柔軟，卻令人畏懼。她比任何見過的凡人婦女更高大，也比大部分男子都高，可是她熱情的眼神與身材，卻吸引了所有人。許多人送她雕飾、珠寶，博取她的歡心。她以女神之姿接受贈禮，並答允照顧他們的村莊或他們所愛的人。

可是她從未鼓勵他們多情的探試。任何死纏爛打的男子，便會被趕走。服侍她的婦女會確保那些男人從她眼前消失，無法再進一步追求。伊西斯絕不顯露自己的孤單或尋伴的念想，然而，想到漫長無止境的未來，伊西斯心底慢慢有了這股私密的渴望。

有一次，她對她那輕聲細氣的妹妹奈芙絲坦承此事，她覺得奈芙絲應該很了解她。奈芙絲與伊西斯截然不同，性格較她親和，兩人雖出自同樣的父母，形貌卻完全互異。

奈芙絲並不醜，她一點也不醜，只是嬌小安靜又極其低調，經常躲在後頭。但奈芙絲依然是位不折不扣的女神，她長長的金髮垂至腳邊，如麥田般地在風中低語。她背上輕巧地摺收著一對精緻的銀尖翅翼，幾乎無法看見，而且奈芙絲有對湛藍美麗的眼眸。

在奈芙絲身邊令人自在，因為她的愛完全沒有保留，她從不嫉妒、殘酷或傲慢。這位妹妹看見每個人和每件事的良善，沒有人能像奈芙絲那樣擅於傾聽，深富同理心。對伊西斯來說，奈芙絲是位完美的女神，她從不讓煩憂干擾自己的工作，因此往往比表面上看起來更幹練。

許多凡人漠視奈芙絲，認為她沒什麼神力，但伊西斯覺得妹妹那些隱而不見的能力才最強大。伊西斯首次去找妹妹，坦承想找位真正伴侶的心意，但她並未提到任何特定的對象。奈芙絲靜心聆聽，她拉著伊西斯的手，瞪大眼睛表示了解，並全神貫注地傾著。奈芙絲坦承，自己也有這種想望。然後她說了一件令伊西斯震驚不已的事，一件她自此不曾或忘的事。

奈芙絲靠向前，幾近呢喃地說：「群星告訴我，妳有位命中註定的對象。」

「真的嗎？」伊西斯緊緊拉住妹妹的手，「妳看到了？」

「是的。」奈芙絲溫柔地笑說：「妳的未來很幸福，」接著她的笑容略微淡去。

「那妳呢？」伊西斯問，不知妹妹究竟看到什麼，令她如此悲傷。「妳會幸福嗎？」

奈芙絲輕嘆道：「我會的，最終會的。可惜，我們倆將來都會遇到磨難。」

「可是只要有愛，便應該能忍受磨難。」

「妳好有智慧啊，姊姊。」

「妳也是。」伊西斯說。

奈芙絲害羞地點點頭，默認伊西斯的稱許，她緊緊抱住姊姊。姊妹倆的翅膀震動著。

伊西斯勾起妹妹的手站起來，兩位女神邁步穿過花園，伊西斯懇求奈芙絲講出細節。「告訴我更多關於這位將成為我真命天子的男人吧。」

奈芙絲大笑著答說：「妳明知道星群不會透露天機，我又沒法預見一切。」

「啊，可是妳一定能告訴我一點什麼吧，他帥嗎？眼神是否和善？請告訴我，他不會比我矮，他是……凡人嗎？」

「不，不是凡人。」

姊妹倆分享彼此私密的願望和夢想，直至伊西斯嘆口氣，停下來，蹙起眉頭。她搭住奈芙絲的肩，「妹妹，我們幻想得夠多了。」她輕聲說：「我雖然希望那是真的，但妳所說的事，並無可能。」

「我說將來會發生。」

「可是我們有規定啊，這種事哪有可能？對我們倆來說？」

奈芙絲抬起頭，然後閉起眼睛，深深吸氣。伊西斯知道她在尋找看不見的答案。等她張眼時，奈芙絲答道：「我不知道，可是星星不會說謊，我看到的事，一定會發生。」她詭密地笑說：「要相信群星，我美麗的姊姊。」

於是伊西斯放下疑慮，繼續工作。一開始，她全心相信妹妹告訴她的話，然而伊西斯懷抱著期盼過了數十載，遇到越多男人，信心便愈發動搖。他們沒有一個人——無論人或神——能吸引她的目光，或令她的心因期望而雀躍。伊西斯開始絕望地認為妹妹的預言失準，群星欺騙了奈芙絲，或至少是她誤判各種跡象。

後來某個夏夜，號角響起，宣布開九柱神會議，所有天神都將聚集。伊西斯已十幾年未見到他了，在他們分離的這段期間內，有個東西起了變化。當他抱起她，親吻她的雙頰時，感覺……跟以前不同了。他身上的暖意似乎逗留不去，即使他已離開她，轉而去抱奈芙絲了。

她發現自己整晚都在尋找他，想坐到他身旁，當他身旁的位置被占據時，她便盯著他，試圖解讀他遭遇過什麼，究竟是何種改變，使她覺得像首次見到他。

*他以前的頭髮是這種長度嗎？他煥光的皮膚是被太陽曬成古銅色的嗎？*他微笑時，她覺得好特別，他彷若對她傾訴著某種只有她能懂的祕密。當他訴說自己的冒險故事時，她心想，不知他瞄望自己的眼神，是否比對他人更頻繁。等夜宴結束後，伊西斯知道星群將它們答應過，令她期盼已久的禮物送給她了。

會議休息時，她心儀的對象伸著懶腰，起身休息，伊西斯也跟著站起來，問能否陪他散步。他點點頭對她伸出臂膀，明亮的眼睛閃閃發光。兩人沿赫里波利斯的長廊漫步，他邊走邊客氣地探問近況，伊西斯只注意到自己心跳加速，不知他能否感覺到，她勾在他結實胳臂上的手腕內，脈搏正重重跳擊。

兩人來到翼樓，這是她在亞曼拉宮殿中的住處，他停下來，用手指輕輕刷過她的臉頰。「怎麼了，小姑娘？」他問。

聽到他用少時的小名喊她時，伊西斯緊張地笑了。她在青春期間，個頭一直比他高，「小姑娘」是他嘲弄她的方式，可是現在他至少比她高出五吋了，這可不是件小事，即使對天神而言。以前他喊她小姑娘時，伊西斯總是氣得半死，可現在那稱呼感覺不同了，更像是暱稱。

「我……」她抬眼凝視他的眼眸，正想開口，卻緊張到不知所以，她的翅膀在背後輕輕搖晃。「我好想你。」她終於勉強說出口。

他暖心大笑說：「我也很想妳。」

她點點頭，垂下眼睫。

他低下頭，試著解讀她的表情，「妳有別的事，對嗎？」

「是的。」她頓一下，說：「沒有。」伊西斯絞著手，伸舌舔著嘴唇，嘴巴突然發乾。

他拉起她的雙手，輕輕一握，「一定有事令妳心煩，我從沒見過偉大的伊西斯女神如此煩亂。」

伊西斯張開嘴，卻說不出話。

他瞇起眼睛，「有人傷害妳嗎？小姑娘。」

「沒有，至少不算是。」

「我明白了。那麼，那位不算是傷害妳的人是誰？」他眼神一凜，變得十分冷峻，他身體緊繃，散放怒氣。

「不是一個人，比較像是一種想法。」

此話令他一頓，「什麼意思？」

伊西斯輕嘆一聲，不知如何解釋自己的感受。他會直接拒絕她嗎？她的坦率會嚇著他嗎？或者，他的渴求跟她一樣？

伊西斯開口表示：「我一直在思考約束我們的那些法律，我發現其中一項尤其難以遵守。」

「哪一項？」

「不許我們像蓋伯與努特那樣在一起的規定。」

「啊。」他放開伊西斯的手，轉身把背打得挺直，問道：「所以妳已經找到妳愛的人了？」

「我想是的。事實上，我已經愛上他許多年了。」

「原來如此。」

伊西斯大起膽子向他走過去，攤開雙翼，用一隻翅膀攬住他，兩人並肩而立。小時候，她經常把兩人藏到自己閃亮的羽翼下，以便偷偷討論調皮搗蛋的計畫。現在這個動作的感覺卻截然不同了，彷彿她正在開啟生命的另一個篇章。

他嘆口氣轉向她，五官隱匿在翅膀的陰影下。「伊西斯，妳知那項規定僅適用於天神，因此妳和妳的新歡應該無須擔心。告訴我，我該恭喜哪位凡人？」

「我愛上的不是凡人。」伊西斯說。

他抬起頭追問：「那麼他是位天神嘍？」

「是的，但情況很複雜。」

「我想也是，不過對某些神明而言，規定還是挺模糊的，妳的戀情或許還是可能成立。」

「還有另一件事。是這樣的，他還不知道我對他的感情。」

「妳怕他不愛妳嗎？」他用手撫著頭髮，含糊地說：「那是個蠢問題，他當然會愛妳。」他抬眼望著她，用指尖觸摸她的下巴。「他怎會不愛妳？」他對她淡淡一笑，然後垂手嘆道：「我想他一定很英俊。」

「俊美極了。」

「他對妳好嗎？」

「他一向很仁厚。」

「他配得上妳嗎？」

「我想不出還有誰更配得上我。」

「那他為何不知情？」

伊西斯把手掌搭到他肩上，順著他的胸肌往下挪，直到手掌覆住他的心口。「因為他離開了很長一段時間。」她靜靜地說。

他皺起眉頭，接著驚詫撫平了他困惑起皺的眉頭。「伊西斯，妳這話不是當真的吧？」

「如果是呢？」

他撫住她的手，急切地斷聲說：「這種事是不允許的。」

「我以為我們已經討論過這個問題了。」

「是的，可是……這不一樣。想想這件事的後果。」

「沒有愛的人生，又會有什麼樣的後果？」

他溫柔地移開她放在胸口上的手，用兩雙手按住。「妳這話是無心的，伊西斯，妳不懂。」

「我懂得孤單與渴望。」她將另一隻翅膀收攏過來，讓兩人被她的雙翅包圍。「我現在明白了，那人一向都是你。」他嚥著口水，看到他臉上的驚惶後，伊西斯往後退開一步，「你，你對我並無一絲感情是嗎？」

他在翅膀的陰影中搭住她的肩，將她拉近。「伊西斯。伊西斯，看著我。」

等她終於肯看他時，他說：「我最不想做的便是傷害妳，可是我們無法相愛。我做不到，無論我有何感覺，無論我們的關係有多麼堅實，這是不允許的。」

伊西斯眼中泛起淚水。「你……你不愛我。」

他捧起她的臉，用拇指拭去她的淚，低聲輕怨。「對不起，妳不了解我有多麼想……聽我說，妳不會孤單的，我會一直陪著妳，我答應妳。」

「那不一樣。」

「是的，是不一樣。」

「我以前都不知道會有這麼痛苦。」

「那麼我就不再談自己做不到的事，只跟妳說我能做到的，好嗎？」

伊西斯輕輕點頭，眼淚仍在頰上流淌。

「我可以當妳的朋友，」他的手指從她的髮束上滑落，「我可以保護妳。」他將她攬近，在她耳邊喃喃：「我會成為妳的知己與祕密守護者。」他親吻伊西斯淚溼的面頰，「我會是妳的盟友。」他親吻她另一邊臉頰，又說：「會成為妳的擁護者。」

他用額頭抵住她的，正想再說點別的什麼時，伊西斯打斷他了。「可是你不願意成為我的愛人。」

他身體一僵，往後退開。伊西斯抬起一對熱切的眼睛望著他，將他定在原地。「我們不會在你的花園裡幽會，或為我倆獨享的回憶而歡笑。我們不會躺在彼此的懷裡，滾下山腰。我們不會一起發現，全心將自己奉獻給另一個人的真正意涵，或了解何謂濃烈的愛，就像蓋伯與努特那般，願意以指尖緊揪住對方不放。

「當我悲傷疲累時，你不用會親吻或溫柔愛撫來安慰我。我不會知道你將在眾裡尋她般地探看我的面容，或宣稱你是我的人。但最糟的是，在經過一日、十年或漫長世紀的辛勤工作後，夜裡休寢時，你並不會每夜抱著我。你害我，害我們過著困頓漫長的一生，茫然無知，無所發現。因此，我要再問你一遍，我心愛的，你確定你想過這種了無生氣的日子嗎？」

伊西斯望著他困惑的雙眼，搭住他寬實的肩膀，用手環住他的脖子。她此生從未如此渴求一個人，他就在唾手可得之處，卻又隨時可能永遠失去他，這實在是令人興奮又害怕的經驗——一種她前所未有過——且絕不肯放過的經驗。

他輕搖著頭說：「伊西斯，我想……」可是又打住話，只是定定看著她。伊西斯在他深邃的眼中瞥見一種令她脈搏加快的東西。兩人身體緊靠，他的唇誘惑地離她如此之近。

他困在輕輕抵住他背上的翅膀，以及她那對誘人的芳唇間，他朝她垂下頭，用鼻子輕擦她的耳朵，天人交戰地說服自己隨時可以停止，他還未踰矩到無法回頭的地步。可是當他聞到她的髮香，撫觸她柔嫩的皮膚，感覺她貼住自己的纖長身體時，便再也控制不住了。

他的嘴唇熱情地從她的太陽穴吻至她下巴的彎弧，伊西斯發出輕吟，貼合他擺動，她仰起頭，讓他親吻她的喉頭，閉眼享受他的唇吻在肌膚上的快感。這正是她希望並渴求的，一個全心愛她的男子，一個永遠陪著她的同伴，一個能分享她的憂愁與歡喜的人。

他緩慢而萬分不捨地從她的脖子移回臉側，正當她以為他要吻她時，他退開了。握住她的手抖顫著，他繃緊下巴，嚴肅地抿起嘴。

最後，他張開眼睛，眼中滿是痛苦與懊悔。「對不起，小姑娘，妳無法理解我有多麼抱歉。」說罷便轉身消失了，適才所在之處，僅剩寒冷的空虛。

伊西斯用翅膀裹住自己，試圖留住這激情四射的片刻，可是它一點一滴地溜走了，最後除了失落，不剩任何感覺。

第二天早上，他離開了。

自上次見面，已隔一年，就天神而言，時間很短暫，但伊西斯覺得分離的每個日子，就像刻在她靈魂上的一小道痛楚。現在他回來了，且不管之前發生的一切，伊西斯比以往更加確信自己的愛真實而確切。那是星群的禮賜，不能反駁或白費。

伊西斯輕輕落在陽台的大理石上，把翅膀收到背後，她衝過大廳和門廊，四處搜尋，卻無所獲，最後她終於找到他了。他獨自站在一個房間裡，背對她，掃視亞曼拉給的一連串新問題與任務。

看到他，令她泛起一股奇異的興奮與焦慮，她等待他漫長的一年——是她記憶中最長的一年。這次聚會，她不會再被拒絕了。伊西斯之前抑住愛的火焰，直到它悄悄燒成火燙的灰燼。再次看到他，火堆又被撩撥重燃，在她胸口燙熱地燒灼，威脅著要把任何膽敢阻攔的事物燒化成灰。

他一定沒聽到她的腳步聲，因為他並未轉身，直到她喊出他的名字，那個她在夢中喃喃呼叫的名字。

奧西里斯。

2 處心積慮

奧西里斯回身轉向她，揪緊正在看的那張莎草紙，紙張發出沙響。「伊西斯。」他簡單地說。

伊西斯朝他走近一步，但他退開了。

他的長腿撞到桌子，桌子移動時發出摩擦聲，奧西里斯臉上露出一絲痛苦的神色。

伊西斯看見他時，身上自然放射的光芒，隨著希望漸滅，而慢慢淡去了。伊西斯清清喉嚨說：「你回來了。你會在家裡待很久嗎？」

「不會。」他答道，從她身邊挪開，然後撫平桌上發皺的紙張。「我打算等亞曼拉同意我籌措的計畫後，便盡早離開。」

「我可以看看嗎？」伊西斯問。奧西里斯在她面前似乎很不自在，但她依舊難掩好奇。

「偉大的女神伊西斯應該有更重要的事要做，不至於管這些無聊的人間事吧。」

伊西斯身體一僵，沙沙地搖動翅膀，有些不悅。「那麼你以為我平時都在做些什麼？」

奧西里斯抬頭打量她，然後面無表情地答道：「我不知道。把頭髮留長，然後再把它剪掉？也許幫妳的翅膀上蠟？飛入雲裡製造彩虹？」

她張大嘴巴，卻發現奧西里斯眼神一閃，伊西斯適才的緊張感淡去了。原來他在逗她，就像以前小時候一樣。如果她無法如願地擁有奧西里斯，至少她還有機會當他的好友。

伊西斯搥他的手臂，這是她年少時常有的動作。「混蛋。」她又好氣又好笑地說，但表情仍帶有一絲悲傷。「你明知道我沒那樣。」

「哇！」他誇張地揉著自己的二頭肌，彼此都心知肚明，她的拳頭絕對傷不了他。

「何況，」伊西斯又說，意圖維持兩人間的輕鬆氣氛，「我的頭髮這個樣子就很完美了。」

奧西里斯縱聲大笑，然後將她的一綹秀髮抓在指間。「沒錯。」他答道，聲音低沉溫柔，眼神注視她的面容。那一瞬間，她沉浸在他溫柔的目光裡，奧西里斯清著喉嚨，柔情轉瞬消失。「呃，如果妳真想看，就自己看吧。」

奧西里斯把紙張攤放到桌上，自己移到一旁，讓伊西斯就近觀看，並努力無視她那刷在他臂上的翅膀。奧西里斯知道保持後退一步，讓誘惑遠離自己，是明智的做法，但他太喜歡那對柔軟的翅翼了，沒辦法逼迫自己挪動。當伊西斯對他的計畫發出興奮的讚嘆時，他雖極力克制，卻反而向前挪近，從她肩後看著她所指之處。

「你怎麼稱呼這個？」她問。

「我在考慮稱之為高架渠，這是讓凡人把水從湖泊河流，引至村子裡的辦法。如果使用高架渠，村人可以在離河流更遠的地方打造家園，降低水災季節時，家園被毀的風險，也能從遠處為作物灌溉。看到這裡了嗎？」

他探向桌面，享受她在身邊，軟玉溫香的感覺，然後指著他草圖裡的一部分，「這個可以張闔，他們便能隨意取水了，還有這邊……」奧西里斯拿出另一張畫放到紙堆上，「他們可以增加更多渠段，或按用水的需要移動渠段。妳覺得如何？」他站直身子問。

「我覺得如何？我覺得太棒了，奧西里斯。」她抬起頭窺看他英俊的臉龐，嘲弄道：「你確定這辦法是你想出來的嗎？」他哈哈大笑，伊西斯回頭看著他的計畫，用指尖沿線畫著。「若是加個虹吸管呢？」她輕敲著紙張說：「如果水流加速夠快，便有可能流過小丘，甚至是山巒。」

「虹吸管？我還沒考慮到那點。」奧西里斯火速添加筆記，這點子頗具潛力，很大的潛力。

「你手下那些凡人會很開心的。」伊西斯打直身子，搭住他的臂膀說。

奧西里斯轉向她，所有跟新發明相關的事物從他腦中遁去，他覺得兩人之間，有某種幾乎伸手可觸的東西，一種他無法名狀的東西，在分隔兩人的空間裡飄忽流動，不斷將他輕輕往前拉。他往後挪身離開她，試圖再次掌控自己的感覺，伊西斯的手滑開了。雖然僅是瞬間，但他看出她眼中的困惑與悲傷。這樣的情緒不該出現在伊西斯美麗堅毅的臉上，他用雙手搭住她的肩膀。

「謝謝妳的建議，我們諮詢會上再見。」說罷奧西里斯按了按她的肩膀，收拾自己的草圖，然後盡可能不倉惶失措地迅速離去。

☥

塞特站在格子屏風暗處。他在那裡偷窺，看奧西里斯離去——他哥哥用一對大手揪著自己最新的計畫。現在仔細一想，奧西里斯什麼都大，他的個頭，健碩的肌肉，他的自我，健朗的笑容。事實上，奧西里斯唯一短小的，是他智力，呃，也許還有他的野心。塞特輕哼一聲，沒錯，這個笨蛋除了幫助凡人，對生命中其他事一概不感興趣，真是太虛度光陰了。

如果塞特這位哥哥能通達一點事理，便會發現伊西斯對他情有獨鍾，投懷送抱。真是白癡，好運自己來敲門，送入他懷裡，他竟然毫無所知。不過奧西里斯對眼前狀況視而不見，對塞特反而有利。奧西里斯婉拒伊西斯，會使她變得更加脆弱。是的，塞特可趁虛而入，追求這位美麗的女神。

塞特想著自己新發掘的法力，一邊抬起手指，拿自己纖長到幾乎算細緻的雙手，跟奧西里斯的做比較。他已經練習法力好幾個星期了，而且尚未跟任何人分享此事。等他出席會議時，希望能用自己的方式展現他的本領。他樂於想像亞曼拉對他的讚賞，以及所有凡人，尤其女性對他的仰慕。

可是有位特定對象，是他等不及想與之分享的。等伊西斯看到他的本事時，一定會為他傾倒，極力爭取他的關注。她會想與他共度所有閒暇的時刻，而不是把時間花在那些愚蠢的凡人身上。以前伊西斯看他時那種奇怪緊繃的笑容，以及緊接著消失無蹤，而且眼神總是從他身上調往別人身上的情形，都將成為過去。

塞特想到她剛才奔向奧西里斯的模樣，便氣得鼻孔賁張。他一直跟蹤伊西斯，監視她，等待最佳的時機亮相，展現他的法力及對她的傾慕。可惜，現在奧西里斯似乎是他必須克服的另一個障礙，但農神根本不是他的對手，塞特發出冷笑。他只要心念一動，便能毀滅奧西里斯用花生般大的腦子創造出來的所有蠢東西，或許有一天，他甚至能大膽地滅掉那粒花生。

塞特並不確定可以這樣，不過滅掉一名天神的念頭很吸引他。每次他滅絕一種生物時，那種電光火石，融合宇宙元素，令他生氣勃發的感覺，絕不容小覷。滅去的生物越是強大，他能夠吸收的能量便越多。塞特很快對滅絕所帶來的陶然感上癮，他還不敢把新的法力施用在任何會被注意的人身上，更別說是對天神施法了，但他渴望到手指發癢。塞特想不出比奧西里斯更令他想拿來練習的對象了。

就在這時，伊西斯離開房間了，塞特跟過去，持續待在陰影中。如果伊西斯施用法力，應能輕易地察覺塞特，但諸神太掉以輕心，根本不相信有人會憎恨他們，更別說是傷害他們了。伊西斯就像隻剛在巢中安全孵出的幼鳥一樣，渾然不知邪蛇正虎視眈眈地打算將她吞滅。

伊西斯在亞曼拉創建的閃亮皇宮中迤邐而行，最後走出宮殿，坐到俯瞰公園的大理石長椅上。年紀較輕的神祇在噴泉裡玩耍，尖聲叫著穿過噴濺的七彩泉水。塞特不屑地皺起鼻子。

塞特覺得孩童的笑聲令人討厭，讓他想起自己年幼時，可悲地想變魔法或任何東西時，招來的訕笑聲。在兒童身邊，害他脖子發緊。他咬緊下顎，陶然地沉浸在施用暴力的幻想中，一會兒後。他抑住毀滅附近一切的強烈欲望，等恢復自持後，塞特走向伊西斯，努力忽略伊西斯臉上的不自在。

「原來妳在這兒。」彷彿他只是剛巧遇見，而不是自她抵達後便一直尾隨跟蹤。

「哈囉，塞特。你還好嗎？」她心不在焉地問。

他在束腰長衣的褶子下握緊雙手。總有一天，他會讓她知曉，這個世界，或任何世界，沒有其他什麼像他那般重要。塞特裝出迷人可親的樣子，「很好呀。」他說，然後順著剛才奧西里斯的話表示，「我有個點子想由妳來執行，我是說，如果妳有空的話。」塞特對她瞪大眼睛猛送秋波，搞得自己的牙都快疼了，那對他來說是種很不自然的表情。

「沒問題，什麼事？」她說。

「我……」塞特絞盡腦汁擠點子，想找出一個能誘騙伊西斯，並令她刮目相看的新發明。看到塞特並未即時回答，伊西斯嚴肅地正眼盯著他，塞特很不習慣這種直率，大部分人在面對他超過幾分鐘後，都會不自在地轉過身。

塞特知道自己跟其他天神相較下，顯得其貌不揚。他個子向來很高，但四肢瘦長，行動笨拙，直到最近找到法力後，才發現自己長肉了。他覺得自己的藍眼眸顏色過淡，頭髮長得不倫不類，而且額上老翹著兩綹頭髮，不管他怎麼抹，都怪怪地翹著。

他不像其他天神的皮膚，散放容光與活力，他的皮膚斑斑點點，凹凸不平，幾乎跟凡人的皮膚一樣差。大概是因為他會令他們想到凡人吧，即使連他自己的母親，那個應該無條件愛他的人，幾乎每次母子一交談就哭。她的眼淚嘩嘩地落在地上，最後他總是站在母親的哀傷造成的泥濘裡，他相信那表示母親很失望，自己生了一個平凡、沒有威能、長不大的兒子。

還有，他的衣服似乎從來不合身，連走獸見到他都會跑開，或者更糟的，在他的路徑上撒尿，或在黑暗中低吼著用一對亮晃晃的眼睛窺望他。當然了，那種事不再發生了。動物們似乎有種奇異的第六感，牠們會躲避他，或盡可能迅速悄然地溜走。他相當喜歡牠們現在對他的敬意，在塞特看來，那使牠們變成人間較優秀的物種。

伊西斯這樣瞅著他，令塞特無法思考，一時間說不出話，就跟他小時候一樣。伊西斯的嘴巴一向伶俐，她總事事要強，而且一切都比他厲害。塞特突然靈光一動，「我發明了一個新遊戲，不知妳能否考慮今晚陪我一起玩。」

「遊戲？」她問，顯然十分開心，想到要比賽，眼睛便忍不住發亮。「遊戲名稱是什麼？怎麼玩？」

「叫做……叫賽尼特。」他宣稱道，讓瞎編的字從舌上滑順地說出來。

「是比力氣、賽跑，還是弓術？」

「都不是。」塞特答道，伊西斯當然會先想到體能上的遊戲（因為很容易就能擊敗他），否則，就是她想設法光明正大地看奧西里斯展現他的肌肉。一想到這裡，塞特必須刻意控制憤怒造成的顫抖。「賽尼特是一種需要巧智與運氣的遊戲。」

伊西斯燦然一笑，塞特覺得那笑容挺真誠，有助安撫他煩亂的情緒。「聽起來挺適合休閒，我們何時能玩？」

「會議散場後如何？」

「噢。」伊西斯嘆了口大氣，顯然別有所思，也許她正想著某人，某位她在會後能見到面的人。

「啊，原來妳已早有安排了，妳真是能者多勞。」塞特站起來調整身上的長衣，緊覆到窄薄的肩膀上。

「不。」伊西斯抬手阻止他離去，「會議結束後可以。」

塞特對她欠身行禮，然後很快地從她身邊逃離。在晚宴開始前，並沒有太多時間，他得利用每刻閒餘時間，創造出自己吹噓的遊戲。

問題是，塞特的創意不足，自己想不出能給伊西斯留下好印象的東西。他知道創造並非他的長處，但他還是浪費珍貴的幾個小時試圖創造了。

等他來到玩具師傅的小屋時，塞特已是滿身大汗。他雖貴為天神，卻覺得頭開始隱隱發疼。他抹著臉，摸到臉上分布不均的鬍子，他若想在伊西斯面前展現帥氣，就得剃毛。接著他眨眨眼，試圖滅掉下巴及上唇那些討厭的短鬚。雜毛在轉瞬間便消失無蹤了，塞特笑了笑，出聲呼喊玩具師傅。

他已經等太久了，老人碎步走進店裡，塞特朝他跳過去，他沒空講究禮節了。塞特噘著嘴，揪住玩具師傅的領子，將他抓離地面，盡可能言簡意賅，用清晰的方式提出要求。並警告玩具師傅，如果害他趕不及晚宴，就要他好看。

接著塞特在溫暖的小屋裡找到一個位置，然後監視師傅慢吞吞的製作過程。半小時之後，塞特宰掉老人的貓，又過了三十分鐘，他消滅一堆蘋果，自己拿起一顆啃著。接著他把一個工具滅去，接著又是另一個。房中能讓他毀去的東西不多了，但塞特很快發現還是別將老人的工具弄丟，因為對自己並無幫助。

在那之後，塞特的頭疼得厲害，他毀去師傅的錢幣袋和椅子，只因為他頭好痛。等他聽到集合號角響起時，幸好師傅只剩下一個物件要完成了。塞特不耐煩地等著玩具師顫著手，塗上最後一層塗漆。

遊戲物件放到木盒子裡，塞特粗魯地拿起盒子塞到腋下，準備離去。可是在他出門之前，男子說話了，這實在是個錯誤，因為他不再具備製造玩具的優勢了。

「請……請代我向伊西斯女神問好。」他說：「她協助我妻子學會編織。」

塞特轉身露牙，擠出一抹危險的冷笑。「噢，我一定會跟伊西斯……問好的。既然你有可能遇到她，我最好確定你不會干擾她。」

說罷，塞特毀去玩具師傅的舌頭和雙手，這實在可惜了男子一身的手藝，但是塞特不能冒險，讓男子在他做好準備前，有機會跟伊西斯說話。塞特嘲弄地跟玩具師傅行個禮，離開他家，拿著自己的戰利品朝晚宴行去。

3 綻放

「芭妮堤，妳為何不早點找我？」伊西斯斥責道，一邊把寶寶抱到懷裡。可憐的寶寶病得好重，看起來一副想哭的樣子，卻沒力氣哭出聲。

「您不在呀。」伊西斯最喜愛的女僕說：「我還以為可以等您回來，可是他惡化得好快。」

伊西斯點點頭。「我之前見過這類疾病，病症來得急又致命。」她補充說：「我們若想救他，動作得快。」

伊西斯將寶寶抱緊，指示芭妮堤生火，自己則輕聲哼唱，安撫孩子。她用翅膀在小房間裡搧風，熱氣在翅膀邊散射。芭妮堤的臉上冒著汗，今天已經夠悶熱了，坐在家中生起熊熊火堆真是折騰，加上女神的威力，簡直熱到不行。熱氣熱到連伊西斯都不太舒服了，但芭妮堤信賴女神，她見過伊西斯施展神力，且效果卓絕。如果伊西斯能救下芭妮堤的小孩，她心甘情願忍受一點不舒服。

伊西斯等火堆的木炭燒成白色後，開始編造咒語。儘管芭妮堤不具任何法力，她還是閉起眼睛喃喃複誦。芭妮堤篤信女神的法力，當伊西斯把她的寶貝孫子直接放到白熱的木炭上時，她連眼睛都沒眨一下。

寶寶放聲哭號，哭聲刺空而過。芭妮堤雖然忍不住畏縮，但伊西斯的表情平靜而堅毅。男孩的小手和小腳皮膚變得通紅，拚命踢踹，但伊西斯保持不動，繼續誦咒。蒸汽自寶寶身上騰起，芭妮堤眨眼時，冉冉捲起的輕煙在空中裊繞，幾近黑色，看起來宛若活生生的惡魔正要離開寶寶的身體。也許那些煙真的是惡魔。芭妮堤閉起眼睛，重新激動地念著咒語。

寶寶終於開始安靜下來了，他發亮的皮膚恢復正常顏色。汗水從芭妮堤的太陽穴滴到臉頰上，她心不在焉地拿袖口拭汗。她好想把寶寶從火裡抱出來，但伊西斯抬手阻止她，彷彿看穿了她的心思。女神說：「讓我來，火焰會傷到妳，而且他身上還有咒語，身體太燙了。」

伊西斯伸手到劈啪燃響的火焰中抱起嬰兒，並輕柔地清洗他小身軀上的煙灰。芭妮堤帶來新的衣服，因為寶寶的衣服被燒掉了。等伊西斯親自為孩子換好衣裳後，她坐著抱住寶寶，並微笑地看著他把拇指送進嘴裡。伊西斯說：「他又好了。他身上的疾病已經根除，我的法力能保護他終生不受疾病侵擾。」

芭妮堤含淚跪倒在女神腳邊，用手掌貼住孫子的額頭。「謝謝您。」她說。

伊西斯將寶寶移到另一隻臂上，然後撫著老婦的面頰。「該謝謝妳的人是我，這麼久以來，妳一直是我最大的安慰，我很高興能回報妳一些。」

伊西斯低吐一個字，將火滅去，然後舉翅搧動孩子四周的空氣，輕柔地為他搧涼。兩名女子安靜片刻，聆聽寶寶吸吮拇指。「妳對孩子真好。」芭妮堤呻吟著站起身，「如果妳能……」

「那是非分之想。」伊西斯很快打斷說，她知道芭妮堤想講什麼。她皺著眉頭看芭妮堤費力地站起來，看到自己心愛的人如此衰弱，令她悲傷。「我們以前討論過這件事了。」伊西斯心煩意亂地把話說完。

「可是亞曼拉一定能……」

「就算他可以，也不願意。」伊西斯撫著嬰兒柔嫩的頭。

「何況，要生小孩，不得先在生活裡找到一名男子嘛，可是我喜歡的那位，把工作擺在愛情之上。」

「所以確實真有其事了？老實說，我一直懷疑您有心儀的對象，能告訴我是誰嗎？」

伊西斯嘆口氣，「不重要，反正他不接受。」

「那麼他是個傻子。」

「或許吧，但亞曼拉總是告訴我們，身為天神要懂得知足，應善盡天神的職責。即使我愛的那個人也愛我，但他堅守這項規定。看來我只能退而求其次，孤苦一生了。」

「才不會。」芭妮堤輕蔑地揮揮手，她在窄小的家中忙著收拾寶寶的東西，一邊等孩子的母親從田裡歸來。「沒有人該孤苦一生，尤其像您這樣的人。我不認為亞曼拉的看法是對的。」

「真的嗎？」

「當然啦。我們凡人若沒有欲求，便會放棄，死在自己床上。您沒有理由不去尋找自己的夢想，每個人都有權利夢想更多的東西。」

「也許妳說得對。」伊西斯親吻寶寶沉睡的小臉，然後把他交給芭妮堤。芭妮堤把寶寶放回他的籃子裡，用毯子裹好。「我得回去開會了。」

芭妮堤拉起伊西斯的手握住，絕少凡人敢碰觸這位女神，但芭妮堤自幼時遭棄養，被伊西斯找到後，便一直是她的人了。女神如同她的母親，雖然現在芭妮堤看起來反像是女神的曾祖母了。「伊西斯，如果妳心底的願望是尋獲真愛，並與那名男子生個孩子，那麼妳一定會如願的。要相信自己和自己的能力，我一向相信。」

伊西斯抱住老婦人，芭妮堤的身子骨如此輕瘦脆弱，令她十分震驚。芭妮堤咳咳顫顫，似乎無法喘氣。過了好一會兒，芭妮堤才又恢復正常呼吸，她在掙扎時，伊西斯搭住她的肩問：「這跟孩子是一樣的疾病嗎？」

芭妮堤搖搖手，再次咳了起來，然後才答道：「不是的，女神，跟我肺部的癢不一樣。」

「妳為何不告訴我？」

芭妮堤聳聳肩，「我是個老太婆了，您以為我能跟您一樣長壽啊？」

「妳才不老。」伊西斯輕輕搖著她，然後停下來，想起芭妮堤現在何其脆弱。「妳還年輕，」她否認現實地說：「沒多久之前，我們還一起奔跑玩耍呢。」

「那是幾十年前的事了。」

伊西斯親吻芭妮堤布滿皺紋的額頭，對她說：「噓，別亂動。」

伊西斯繞到她心愛的僕人後面，用手貼住老婦背部。她可以感覺到充斥肺裡的積水，使芭妮堤的呼吸變得困難。女神想施咒語治癒她，可是芭妮堤老邁的身軀拒絕她的法力。萬物便是如此，宇宙萬物壽長自有定數。一旦時間耗罄，便沒有任何人——即使天神——能阻擋生命的消逝了。伊西斯明明知道，可是時間過得太快了，她蹣跚退後，眼中飽含淚水。「不，」她喃喃說：「我還沒準備讓妳走。」

「也許您還沒準備好，但我可以了。這副皮囊已不再健壯，我一醒，便覺得渾身發痛，當我躺下時，也還是痛，我根本沒有休息的時候。」

「我會治好的。」伊西斯答允說：「下個月之前，妳不會死的，我有把握。可是這場病會讓妳變弱，如果我不設法醫治它，這病會把妳推到死神門口。」

「那麼也許該把我介紹給那位帥氣的阿努比斯了，被他挽著護送到冥界，還算是不錯的死法。」

「我不這麼認為，我要讓妳遠離阿努比斯。」

「太可惜了。」芭妮堤說，當她看到伊西斯還在猶豫，便揮揮手臂。

「好啦，好啦，快走了。快去開會，會議結束後我會在這裡。」

「是的，妳會的。」伊西斯下定決心地說。

她拍拍芭妮堤的臂膀跟她告別，然後躍入空中，張開雙翼，飛向介於人間與赫里波利斯之間的屏障。

「不行。」亞曼拉再次回覆伊西斯的詢問。伊西斯懇切地哀求著，甚至願意犧牲自己的一部分。「妳明知這是不允許的，混沌之水留下的生命能量並不足夠，何況凡人在我們創造生命時便有壽限，壽限即表示不免一死。」

「可是你難道不明白嗎？事情不必非那樣不可。這些規定是自定的，當然可以有例外。」

「那我們要何時收手，伊西斯？妳打算汲取哪位天神的能量好讓芭妮堤長生不死？是努特，還是蓋伯？因為到頭來一定會變成那樣。如果我容許妳使用一部分自己的力量，不久之後妳就什麼都不剩了。妳太愛妳那些凡人了，我不能冒險。妳應該明白會有何後果，整個宇宙可能因此崩潰！」

「可是我們並不知道答案，對吧？」

他嘆口氣，靠回椅子上。「最好採取安全的做法，伊西斯，我們必須維護生靈萬物及家族的安全。我們若是玩火，一定會招致自身的毀滅。」

「如果有別的辦法呢？」她以前從不曾考慮過，可是當一隻飛鳥經過頂上的窗口時，她突然想到一個點子。

「什麼辦法？」

「如果我從另一個生物身上汲取生命能量呢？不是神明，也許是古樹或一隻動物？」她建議道。伊西斯邊說著話，邊在腦中編寫強力的咒語，她可以辦得到，她知道自己可以。

亞曼拉打斷她的思緒，「那隻動物或樹，為什麼活該要放棄生命，讓別人去延壽？」

「我們可以懇請它發乎自願。」

「不行。」亞曼拉嘴巴一抿，伊西斯知他不想再多談了。

伊西斯雙手一揮，罵道：「你太死腦筋了。」

「我倒覺得妳的腦筋太愛亂想。妳的建議，簡直就是在濫用我們的法力。」

「亞曼拉說得對，伊西斯。」有個熟悉的聲音打斷他們。

伊西斯渾身僵住，轉向那名剛進房間的男子。「這是私人談話，奧西里斯。」

「很抱歉我來得不是時候，但我不小心聽到妳的談話，覺得應該警告妳，其他人等一下就會過來這邊了。這場對話最好到別的地方去談，一個不會輕易讓全部參加會議的人聽到的地方。」

伊西斯疊手皺眉，終於正眼看著奧西里斯。看到他露出「我比妳有智慧」，和大哥哥才有的憐惜表情，伊西真是火冒三丈。她正想發飆時，亞曼拉抬起手，「謝謝你及時打斷我們，奧西里斯。奧西里斯說得對，我們此時應把注意力轉到其他事項上。這恐怕是我最後的決定了，伊西斯。我警告妳，妳再怎麼求情或好聲好氣，都無法改變我的心意，很抱歉。不好意思，我得先離開，確保晚宴準備妥當。」

亞曼拉離開房間後，伊西斯鬥志全消，悲傷地跟奧西里斯留下來。

「很遺憾事情會這樣。」他說。

伊西斯抽著鼻子，「你根本不懂自己在遺憾什麼。」

「事實上，我對妳的很多事都感到遺憾，但是亞曼拉說得對，律法規定自有其道理。」

「我不想跟你談規定的事。」

「呃，太可惜了。」

他的語氣令伊西斯嚇一跳，因為奧西里斯對她向來極為客氣富耐性，他用手耙梳自己的黑髮，「我知道依戀一個人，甚至是……深懷感情，是什麼感覺，但自我控制很重要，我們必須有所節制，遵守亞曼拉設下的法令並非壞事。」

「可是如果在那之外還有更多呢？」她挑釁地問。

「什麼？妳這話是什麼意思？」

「如果我們被法令限制住，那麼破壞規則，或許能讓我們更沒有限量。」伊西斯答道。

「妳在胡說什麼。」

「我的意思是，那些削弱我們，讓我們覺得……脆弱的東西，」奧西里斯抬起一邊眉毛，「可能反而超乎想像地，令我們變得更強大。」她把話說完。

奧西里斯嘆口氣，「伊西斯……」他才開口，卻被她揮手打斷。

她緊盯奧西里斯的雙眼，挑戰道：「如果我們能找到辦法，讓我們完成自己的夢想？擁有我們最想要的東西？只要我們接納外表看起來並不適合的事物呢？」

她向前踏一步，中庭裡的樹枝在她臉上打出灰藍色的陰影。奧西里斯緊張地向後退開，伊西斯繼續逼近，試著用奧西里斯能理解的方式解釋。「我們何必安於簡單的收穫、差強人意的生產，我們明明有能力產出更多？」

奧西里斯很清楚伊西斯談的已經不再是拯救她僕人的事了，至少那不是她唯一提到的事。事實上，她的話觸動他心底微微的共振，一股他一直試圖忽略的聲音，但這毫無幫助。他不能、不願意考慮她所要求的事，那會毀掉一切。寒意在他血管中流竄。

奧西里斯瞪著伊西斯，彷彿她迷失了心智。這令伊西斯十分光火，她惱怒地接著說：「假若你有可能達成某件事，得到某個事物，追求某種你最渴望的東西，你難道不會為了獲得那種機會而放棄一切嗎？奧西里斯，我們空有一身法力，卻置之不用，所為何來？」

房中響起掌聲。「你聽聽，我完全贊同妳的想法，伊西斯。」

奧西里斯對新到的人皺起眉頭，「塞特，這是我們的私人談話。」

「你那樣想就太好笑了，奧西里斯。」伊西斯說，原本的不悅變成忿怒。「無所謂了，我知道你反正會堅持自己的做法，所以根本不必再討論了。」

伊西斯快速繞過立定不動的奧西里斯，奧西里斯聽到塞特詢問，能否陪伴伊西斯去晚宴時，他的背部一僵。他原本打算親自陪伊西斯過去，向她示好，以彌補之前對她的拙於應對。事實上，他離開時，除了伊西斯，幾乎無法想其他的事了。回家只是他的藉口，奧西里斯希望修補兩人之間的心結，可是這會兒半途卻殺出個礙事的塞特。

聽到伊西斯同意晚宴時會坐在塞特旁邊，奧西里斯緊握雙拳，慢慢跟在他們後面，目不轉睛地盯著伊西斯閃亮的翅膀，只偶爾怒目瞪著塞特環在她腰上的手。

晚宴時，奧西里斯的心情絲毫沒有改善。塞特坐在桌首附近，平時保留給奧西里斯的座位上，而且還設法讓伊西斯坐到他一側，另一邊坐著奈芙絲。奧西里斯還發現伊西斯每次把注意力轉到其他事物時，塞特便會偷偷瞄她。塞特可能對她懷有情愫嗎？

奧西里斯並不會太訝異，塞特從來不會乖乖遵守規定。伊西斯很寂寞，希望有人愛她，給她超乎友情的情感。還有不可否認的是，伊西斯是他見過最漂亮的人，奧西里斯絕不會是唯一注意到她的男子。

他們從來沒有人把塞特放在眼裡，連伊西斯都不例外。塞特總是跟在後頭，拚命追趕其他天神的腳步。奧西里斯揉著下巴打量塞特，這孩子變壯了點，但還是十分乾瘦。塞特一向暴躁易怒，惡劣對待凡人，還要求他們崇拜他。奧西里斯不希望伊西斯跟他在一起，塞特配不上她。

當塞特拿了顆莓果給伊西斯，親手將多汁的水果餵送到她唇間時，奧西里斯再也控制不住發顫的雙手了。他竭力想談點別的，任何其他事都行，好讓自己的心神從眼前上演的景象飄開。可是那些跟蔬菜穀物及自然奇觀相關的報告，並不足以讓他忽視塞特擺明了的調情動作。怎麼會沒有半個人注意到塞特的行為？他一向就是現在這個樣子嗎？

塞特甚至開始對奈芙絲放電，這傢伙簡直忝不知恥。他在晚宴上，吹噓自己最近的英勇行徑，每件壯舉都令人質疑，所有人興味盎然地豎耳聆聽。他們怎會相信塞特會去營救整座村莊免於祝融之災？塞特從未勞動一根手指幫助過任何人，尤其是凡人。連奧西里斯都忍不住張口結舌地聽他厚顏無恥地描述，他如何將被竊的嬰兒歸還給孩子的父母、鼓勵迷途的少年，甚至從飢餓的毒蛇嘴下，搶救一窩雛鳥。

塞特親吻奈芙絲的手，用誇張的友善答應她，等他跟伊西斯玩過他新發明的遊戲之後，一定讓她當贏家。遊什麼戲，奧西里斯厭惡地輕哼一聲，天神的時間應該花在比遊戲更有用的事物上。

為了不再聚焦於塞特噁心的誇耀上，奧西里斯努力擺脫陰鬱的表情，清清喉嚨說：「我有個有趣的故事想分享。」

雖然所有目光轉向奧西里斯，但伊西斯卻舉起杯子，故意看向別處，置他於不顧。塞特注意到了，便噘嘴嘲弄地笑著，「那就跟我們說吧。」塞特表示：「因為我個人覺得農具和各類型的肥料優點，一定非常有意思。」最後還揮了一下手臂。

奧西里斯不想理他，逕自說道：「一位農夫告訴我，有個仇人夜裡跑到他的田裡，在他的麥田裡撒稗子[2]，在種籽長大，變得明顯之前，你根本分辨不出來。」

「有意思。」塞特撇撇嘴，然後手指合十，把下巴靠到指尖上。「請繼續。」

「他問我是否該立即把稗子除掉，但我警告他別那麼做，如果他早早除掉稗子，很可能會傷及麥子。我指示他等農作成熟後，收割麥子，再把稗子燒掉。」奧西里斯靠向前，兩手壓在桌上，「稗子很可笑，稗子苗雖然跟麥子看起來極像，卻與仿效的對象截然不同。」

奧西里斯環視房中，「稗子的生長漫無目標，毫無價值，它們占去豐饒肥沃的寶貴土地，對人類毫無益處。事實上……」他將眼神轉向塞特，然後瞇起眼睛，「它們只是一種需要被拔除並焚毀的疫病。」

塞特猛力往椅子一靠，臉上表情陰晴不定。「那麼也許應該把整片田燒掉才對。」他罵道。

「你不覺得那太浪費了嗎？」奧西里斯答道，把雙臂交疊到寬大的胸膛上。

「看來那正是你跟我之間的差異。」塞特答說：「我不會為了搶救幾根枯瘦的麥子而浪費時間，我會乾脆把田夷為平地，從頭種過。」

「也許你說得對，」奧西里斯同意道。「那樣簡單多了，可是最容易的方法，未必永遠是最好的。努力往往使人變得更堅強。」

「這場辯論確實很有意思。」亞曼拉很快瞄了奈芙絲一眼說：「但我更感興趣的是當前的音樂。」這位手腕圓融而堅毅的天神領袖繼續說道，硬逼著他們按他的方式改變話題。「奧西里斯，這次你為我們帶來什麼樣的樂師？」

奧西里斯勉強把眼神從塞特身上調離。「啊，是的，我差點忘了。上次出差時，我遇到兩名男子，他們發明了一種叫叉鈴的樂器。」

樂師清理桌子擺設樂器。奧西里斯聽到塞特慫恿伊西斯離開，去玩他答應過的遊戲，伊西斯卻揮手表示，要等樂師演奏完再跟他碰面時，忍不住高興起來。但他漸起的信心馬上被潑了冷水，因為伊西斯接著說，奧西里斯來訪，最令她歡喜的就是他帶來的音樂。看到塞特苦苦糾纏伊西斯時，奈芙絲主動表示願意先陪他玩。

塞特顯然拿不定主意，奧西里斯為了趕他走，便走過去對伊西斯欠身行禮，「我在想，不知能否請我的……我親愛的朋友跳支舞？」

伊西斯怒目瞪著奧西里斯，顯然還在氣惱他跟亞曼拉同聲一氣的事，如果不是別的事情的話。她淡淡地答說：「我怎會知道，你在這裡有任何朋友嗎？」

2 稗子：跟小麥長得極像的一年生草本植物。

塞特幸災樂禍地哈哈大笑，「走吧，奈芙絲，親愛的。我們晚點再回來找伊西斯。」他大膽地撫著伊西斯絲滑的翅膀，他說：「別太久哦，我一直很期待能在遊戲中贏妳。」

奧西里斯握緊拳頭，皺著眉。

塞特對奧西里斯說：「我本想請你玩的，可是我怕有點超出你的腦力負荷。」他嘲弄地捻起拇指和食指，意指奧西里斯的智力範圍不大。

奧西里斯超想拿塞特的頭敲牆，可是他還是控制住自己了。「去玩你的小遊戲吧，塞特，我們有更重要的事得做。」

塞特充滿算計的眼神變得銳利而危險，但奈芙絲很快在他耳邊低聲說了些話，有效地轉移了他的注意，因為兩人很快便離開了。既然伊西斯不理他，奧西里斯便把焦點轉向樂師，聆聽樂聲逐漸響起，飄滿赫里波利斯的大廳。

等他們奏完一系列輕快的曲子後，其中一名樂師朝奧西里斯揚起眉毛，奧西里斯點點頭，同意他的要求，新曲開始演奏，奧西里斯的歌聲和著曲子揚起。

伊西斯閉起眼睛輕輕搖晃，翅膀震顫，彷彿身上每根神經都在隨聲唱和。她在編寫咒語時，聲音最為有力，但說到編唱歌曲，沒有人的聲音及得上奧西里斯。他歌誦覆雪的山群和山谷中剛翻土等著耕種的黑色沃土，他歌誦覆著美麗藍草的山丘和直下千里，水氣聚成雲團的瀑布。

她沉浸在音律和歌詞中；伊西斯知道她可以永遠翱翔在他流盪的樂聲中，她任奧西里斯的歌聲帶她飄飛，直到結束，才輕輕讓她的雙足回到地面，然後又用下一首歌曲將她帶離。他的音樂帶給她寧靜，同時也令她悸動，讓她覺得滿足，卻又渴望不已，那股渴望從不曾如此強烈過。

當他擁她入懷時，感覺是如此自然。他們共舞不下千回了，這次卻有了不同的新感覺。伊西斯覺得那歌曲從他身上流入她體中，他現在所唱的歌詞，變得安靜溫柔，卻觸動她心底深處。他唱出未能道出的希望與心痛，唱出他尚未見過的地方，與那些美到無可言語的想像，因為只要描述，便會壞了那場美夢。

兩人共舞時，伊西斯一直閉著眼睛，直到曲子尾聲，她才發現自己的四肢抖得有多厲害；奧西里斯支撐她大部分體重，但他似乎不介意。新的曲子又開始了，這次奧西里斯沒再唱和，他將伊西斯拉近，輕聲問：「妳能陪我到花園散步嗎？」

伊西斯默默點頭，奧西里斯拉起她的手臂，挎到自己的肘彎裡。兩人靜靜走著，伊西斯突然強烈地意識到一切：她沙沙作響的翅膀；奧西里斯的手臂；他的手幾近霸道地按住她的手，彷彿試圖防止她逃跑；他臉上那種困惑而近乎堅決的表情；以及等他們接近花園時，從園子裡飄出的花香。

奧西里斯非常以他的魔法花園為傲，即使人在外地，也會透過信差捎來各種各樣的植物，並明確指示植種的方式。他雇用大批花匠，培育分類每種樣品，把植物種到能生長茂盛的地點。因此，這一大片花園被劃分成好幾個區塊。

有片幾乎跟沙漠一樣的環境，種了各式生長緩慢，被奧西里斯稱為多肉植物的東西。另一個區塊僅種植香草和蔬菜，大部分也都拿來與赫里波利斯的市民共享。還有一片果園，種了幾百種不同的夏季水果。還有數畝地，專種爬藤植物。

有長得跟房子一樣高的樹叢，長出各種顏色的碩大漿果。有個區塊專種寒帶植物，亞曼拉故意讓該區塊維持數百年的寒冷。熱帶植物種在花園反側，那兒有各種暖房、遮陽棚，還有一個巨大的樹園，栽種了地球上每種樹木，以及從其他世界找來的種子。

伊西斯好喜愛這座花園，奧西里斯不在時，她經常來探訪。在這裡，她覺得能與奧西里斯相近。伊西斯跟奧西里斯一樣喜歡凡人，這邊有很多能照顧植物的人，但能像他們一樣跑去凡間，並照顧凡人的卻沒幾個。

奧西里斯帶她來到堅果林，伊西斯既訝異又開心。林子中間有座舒適的涼亭，那是她小時候，奧西里斯為她打造的地方。他示意要她坐下，確保她感到舒服自在後才走開，伊西斯望著他的背影，猜想他為何如此煩亂、不高興，就她看來，情況應該反過來，是她生他的氣才對。

「怎麼回事，奧西里斯？」

他雙手在背後交纏，轉過頭，伊西斯看到他俊美的側臉。太陽已經下山，冉冉升起的月亮將他框在圓月中，他的黑色髮尖被染成銀亮。最後奧西里斯挪動著，用背倚著柱子。他雙手交疊胸前，從陰影中仔細打量伊西斯。他動著下巴，彷彿想開口，卻欲言又止，似乎不信任自己的聲音。

「你在生我的氣嗎？」伊西斯問。

「生氣？」奧西里斯重述道，這話令他困惑，念出來感覺十分濁重而不恰當。「沒有，我沒生妳的氣。」他對伊西斯的感受無關憤怒，雖然他心中確有一股怨氣。當他看著月光下耀眼奪目的伊西斯時，感覺如同看到一朵珍奇絕美的花朵。

尋獲這樣的奇花時，他會樂到暈然，狂喜不已。他會用手捧起花朵，嗅聞它的芳息。然後仔細研究花朵及其環境，悉心地觀察花兒的整個生命週期，並寫下大量筆記，然後等終於準備周全，才把花兒占為己有，將它帶回家，放到最適合的地點，悉心呵護，直到花兒在他的照料下開得更為繁茂。

奧西里斯看著伊西斯時，好渴望能這麼做。他想捧起她絕美的面龐，釐清她需要什麼，自己如何讓她變得更茂盛。奧西里斯當然不能對她說這些話，說了會出問題。他太了解她了，知道她不會只是聽過就算地擱在心裡。不，她會據此行動，他不能讓那種事發生。

奧西里斯正自煩惱這些，卻見伊西斯從座上起身朝他走來。他可以在她眼中看到永恆的宇宙、星辰的誕生、攪動的星雲……這些令他神迷，彷彿被施了咒，奧西里斯為映在她眼眸中的月光而心搖神馳。可惜那都無所謂了，他必須把他想說的話告訴她：「塞特……做得過分了。」他終於表示。

「塞特？」她露出疑惑的表情問：「你提他做什麼？」

「他想從妳身上得到某些東西。」

她聳起一邊肩膀，彷彿不把它當回事。「塞特一向希望得到我們認可。」

「不對，這個不一樣，他……他想要妳。」

伊西斯眉頭一蹙，「我想你誤會了。」

「我沒有。妳以為我看不出男人想得到女人的樣子嗎？」

「我不認為你會去關心這種事。」

「對妳，我會的。」

伊西斯歪抬著頭，考慮他的話。「我明白了，」接著她點點頭，「謝謝你提醒我注意。」

她作勢離開，卻被奧西里斯抓住手臂拉回來。「我……需要知道，妳打算怎麼處理這件事？」

「塞特的事嗎？」

奧西里斯垂著頭，屏息等待她的答案。

整整過了三記心跳後，伊西斯才說：「我想我得跟他談一談。」

「啊。」奧西里斯放開她的手，吸了口氣，「可是……可是妳打算說什麼？」

她不安地挪動身子。「不知道，我會先考慮他的話，然後再做決定。除非他說出自己的意圖，否則我也不能做什麼。」

「沒錯。」

這回她轉身真的想走，卻被奧西里斯匆匆擋住去路，沒讓她跑掉，他搭住她的肩，「不要，」他說：「千萬……不要。」

「不要什麼？不要離開？不要跟塞特說話？不要走回家？你到底不要我做什麼？」

「不要考慮他。」

「為什麼不行？」

「妳很清楚為什麼不行。」

「你的理由跟我的不一樣。」

「理由應該是一樣的。」

「可是並不一樣，」她答道，桀驁地抬起下巴，「你不能幫我做決定。」

「也許不行，但我會被妳的決定影響。」

「怎麼說？」

「如果妳選擇他，我會……很痛苦。」

「但你還是拒絕我了，不是嗎？」

「沒錯。」

「所以你希望受苦的人是我。」

「不是的，不是那樣……」他嘆口氣，「我不希望妳受苦，伊西斯，只是……塞特不適合妳。」

「那麼誰適合我？」

奧西里斯選擇不回答，他踏近一步，用手扣住她的臉，拇指撫著她柔嫩的肌膚。他安撫地說：「妳跟月光一樣精緻美麗。」他把另一隻手放到她臉上，順著她下巴的線條描著。他受不住誘惑，將她拉近，享受她用手掌抵住他胸口的感覺。接著他低下頭，在她耳邊輕語，「我不會讓塞特污損妳的明光。」

伊西斯抬抬起手，環住他的脖子說：「那就給我另一種選擇。」

奧西里斯未及回應，伊西斯已抬起唇，印住他的，害奧西里斯一下子把原本想說的話全忘了。她仰起頭貼得更近，奧西里斯發出呻吟，雙臂一環，緊攬住她的纖腰，將她從地面上抱起。她撲顫著翅翼，奧西里斯感知到自己不再撐住她的體重了。接著她收起翅膀，再次貼在他身上，奧西里斯將她整個人抱在懷裡，畢生不曾如此開心滿足。

伊西斯是宇宙最璀璨的明星，只要他願意，她就是他的了。奧西里斯陷溺在她的軌道裡，在她面前，他會燃燒殆盡，但他不在乎，他希望這樣，他想要她。自有生以來，奧西里斯不曾如此渴望過任何事，然而，他知道自己不能擁有伊西斯。

奧西里斯輕輕將伊西斯放下，往後退開。那分離二人的殘酷距離，在他們剛剛硬生生地分開後，像一頭活物似地嘲諷著他。伊西斯的眼神溫柔而明亮，滿盛著希望。

他剛才吻過的櫻唇豐潤而誘人，他多想垂首再次品嘗它們。伊西斯抬手撫著他的頭，那緩緩綻開的微笑令他心碎，他知道伊西斯頰上漸增的嫣紅，將會是他後半輩子珍惜不已的東西。

他拉住她的手，送到自己唇邊，在她掌上輕輕印下一記吻。「對不起。」他說。以前兩人之間也出現過這種可悲的對話，可是上次他是在逃避伊西斯提議的事項後果，這回則是在逃避自己的感情，奧西里斯此時已無法再否認了，他對伊西斯的感情是如此真實。問題是，他該拿它們怎麼辦。

「什麼？」她不解地眨眼回問。

「我說對不起，我必須走了。」

「走？」

「是的，我需要思考。」

他快速步下亭子台階，來到月光遍灑的草地上。

「思考？」她大喊，顯然生氣了。「既然那樣，就滾開去思考吧，奧西里斯！不過我警告你，我自己也打算做很多的思考！」說罷，伊西斯從涼亭裡一躍，嘩地一下張開翅膀，消失在星光熠熠的夜空裡。

塞特躲在樹蔭中觀察，眼神炯亮地看著伊西斯飛入天空，奧西里斯快步離去。事情雖未按他的計畫進行，但塞特覺得自己還是可能把態勢轉為對他有利。

4 布局

欲阻撓奧西里斯與伊西斯的感情進展，最容易的辦法就是去找亞曼拉。塞特揉著下巴想：不行，去打小報告會破壞他自己的計畫。他若想得到伊西斯，就得盡量對亞曼拉隱瞞自己對伊西斯有非分之想一事。

事實上，那也是塞特欣賞伊西斯的一點。就某方面而言，知道伊西斯跟他一樣，不滿於自己的命運，頗令塞特感到欣慰。監視伊西斯的好處可不止一項，他可以利用那點為自己謀利。塞特花了一整個晚上，練習該對伊西斯做什麼，說什麼，讓她能將他視做比奧西里斯更佳的選擇。太陽從山頭升起，將整座赫里波利斯染上金光時，塞特呼喊母親，詢問能否借用她的彗星傳遞訊息。

天空隆隆作響回應，輕風搔著他的臉頰呢喃說：「我會的。」努特告訴兒子，「不過之前奧西里斯也要求我做同樣的事，等彗星歸來時，我會樂意為你傳遞訊息。」

塞特握緊拳頭，咬緊牙關。「那就不用了，母親。」他啐道，接著很快表示道歉，解釋說是因為自己累了。然後又說：「妳可有不小心聽到他的訊息內容？」

「你知道我不會去偷聽我的孩子在說什麼。」

「所以妳不知道他對她說什麼嘍？」塞特追問。

風停了，接著在他腳邊輕輕擾動，塞特若非天神，根本不會注意到。「那不是給你的訊息，兒子。」

他聽到母親輕聲坦承。

塞特沮喪到渾身發抖。「妳能不能別……」他勉強表現出對母親該有的敬意。努特在頭頂上攪動風雲打斷他，雲層快速滾動翻騰，旋即又破散開來，伸出細薄的雲指，在溫熱的晨陽中飄散，直至消失。

「我通常不會這麼做。」她終於說：「但我知道你最近過得很辛苦，其他天神不像我希望的那樣包容你。」她發出喟嘆，吹在他臉上的氣跟她蟄居的天空一樣寒涼。「奧西里斯請伊西斯到亞曼拉的畜棚與她會面，我不清楚她是否打算去，我只是把訊息傳過去罷了。」

塞特低下頭，「謝謝妳，母親。」

去畜棚的途中，塞特被攔下兩次。第一次是阿努比斯，阿努比斯說：「塞特，我正在找你這小鬼呢。」

塞特從阿努比斯手中掙脫自己的手臂，然後生氣地瞪著這位天神，「我在這兒可沒見到什麼小鬼，你最好繼續找。」他轉身要走，阿努比斯的黑狗卻跳過來擋住他的路，發出低吼。塞特差一點，就差那麼一點點，便把狗兒當場滅了。滅掉史上第一條狗這種古老生物，會反饋給他極大能量，但他不能冒這種險，還不行。塞特沒轉頭看阿努比斯，只是問：「你想幹嘛，阿努比斯？」

「最近好像發生了一些詭異的死亡事件──動物、樹木、凡人，甚至有些低階神仙。我必須護送幾位人士去冥府，幾位年輕人。」他強調說：「一些離死亡根本還很遙遠的年輕人，而他們所說的故事，呃……」阿努比斯重新站到愛犬旁邊，用指責的眼神望著塞特的臉，「這麼說好了，他們的死亡不完全是……自然的。」

「你一定覺得那樣很有意思吧。抱歉，我得走了，我有急事。」

阿努比斯抬起一邊眉毛，「有事？真的嗎？你能有什麼事？」

塞特抬起下巴瞇著眼，「我就告訴你吧，亞曼拉派我去做一項很重要的任務。」

阿努比斯雙臂往胸口一疊，「原來如此。呃，他能找到如此勤懇的人去做這份工作，運氣可真好。」

「是啊。」

「那麼你最好快去，塞特。」冥府天神嘲弄說：「看來我得去找亞曼拉談一談，有關冥府突然同時出現大批亡靈的事，以及我所懷疑的肇因了。」

「你去呀。」塞特自信滿滿地說，雖然十分擔心自己的祕密曝光。他力持鎮定，就算阿努比斯懷疑他與亡靈的事有關，亞曼拉未必會覺得他們死於超自然原因。亞曼拉自己以前也曾造成凡人死亡——事實上，造成很多人死亡。

阿努比斯雖認為這些死亡情況有異，但他不可能知道原因。生死轉換是個可怕的過程，心靈會封鎖轉換的痛苦，大部分亡靈甚至記不得自己如何死亡，就像要回想起學步時，磨破膝蓋的疼痛一般困難。即便他們記得了，也無須太擔心，因為塞特非常小心，不讓那些被測試法力的凡人，看到自己的面目。何況，他們更關切的是自己下一個階段的生存狀況，和即將要面臨的審判。這些亡靈心智混沌，對死亡經驗困惑不已，所以才得經常派阿努比斯去當引路人。

目前塞特的祕密暫時還安全，沒有人會相信那個毫無法力的天神，那個連他父母都不相信他會有成就的天神，能具備如此重要的本領。他還有時間，用自己的方式，向那些想要展現的對象，揭露這項消息。不過首先他得去找伊西斯。

阿努比斯靠向前，鼻子差點碰到塞特的。「噢，我會的。」他吐口氣，然後從塞特身邊走過，重重撞了塞特的肩膀一下，害個子較小的塞特差點跌倒。塞特當即怒不可抑，主要是氣阿努比斯對他說話的態度，但他也很氣自己對這位天神的反應。塞特在兩人對談時，覺得……飽受威脅，害怕，且自卑。

他痛恨年少時笨拙的陋習仍影響他的心理，即使現在他已找到自己的本領。他渴望好好報復一番，他會讓他們好看，讓他們見識自己的威力，看他能成為什麼樣的人。他比他們更強大，等他們知道他的厲害後，便不敢那樣跟他講話了。

塞特氣沖沖地跑開，再次走向畜棚，接著他遇到奈芙絲，她顯然想引他注意。一開始塞特並不想理她，但奈芙絲溫柔的眼睛和文靜的笑容令他著迷。奈芙絲雖然總是跟其他人在一起，獨留下他，但她從來不苛待他。塞特按捺住不耐煩，假裝對她想說的話感興趣。「我能幫妳什麼嗎，親愛的？」

她絞著手說：「我……我跟星群談過話。」

「所以呢？」其他人認為奈芙絲講到她的幻象時，就有點瘋癲，但塞特一向認真看待她說的話。他知道被誤解的感覺，現在仔細想想，他們倆共通點還不少。奈芙絲的本領令其他人害怕，等他揭示自己的能力時，他們一定也會一樣擔心。「星星們跟妳說了什麼？」他問。

「它們要我來警告你。」

「警告我什麼？」

「你走的這條路很危險。」

塞特哈哈笑道：「我去畜棚的路嗎？」

「不，是你的人生道路。」

「原來如此。敢問正確的路是什麼？」最初他只是鬧著問，可是奈芙絲的語氣和表情讓他改了心意；現在他真的很想知道。

奈芙絲從口袋掏出一顆透明石子，用手指揉著。接著她用手捧起石子，抬放到耳邊。她說：「你有好幾條路可以走，你的道路有好多曲折彎繞，有如此多的可能性，而且不久便會遇到一次重要的選擇。」

「那是什麼？」他指著石子問。

奈芙絲的嘴角一揚，「我若告訴你，你也不會信的。」

塞特靠過去，搭著她的肩用力一按，試著在兩人之間製造信任的氣氛。他擠擠眼說：「妳可以試試看。」

奈芙絲舔著嘴唇答道：「我稱這石子叫預言之眼，當星群的訊息曖昧不明時，我便把石子放出去。石子最近返回了，它展現的事物既美妙又令人害怕。」

「它會對我說話嗎？」塞特邊問邊張開手。看到奈芙絲猶豫不已，塞特硬從她指間把石子拿過來，放到自己耳邊。奈芙絲似乎不介意塞特奪走石子，令他覺得很威風，這跟與阿努比斯相遇的狀況截然不同。

塞特不清楚奈芙絲是被他吸引、害怕他，或只是客氣而已。無論她真正的動機是什麼，她能了解自己的份位，光是這點，就令他對她心懷感激了。不知道奈芙絲會容許他追逼到何種程度。

「不會，」奈芙絲悲傷地搖搖頭。「我希望它會，有好多事要跟你說，有好多你需要知道的事，可是……時機不對。」

「這樣說倒省事。」塞特略示殘忍地說。看到奈芙絲表情一垮，塞特不高興了，他討厭別人對他失望，「如果妳沒有任何實質的東西要分享，就別拿這種事來煩我。」

「可是我真的有具體的事。」

「那就說啊，奈芙絲。」他不耐煩地要求。

「是跟你的命運有關的。」她低垂著眼，「我的意思是，我們的道路。」她重重吞嚥，隔著眼睫抬眼偷窺他。

「我們的路？」塞特訝異地說：「妳是要告訴我，我們……？」

奈芙絲輕輕點頭，「那是其中一種可能，一種較快樂的可能。」她皺起眉頭，「但也是一種可怕的可能。」

塞特僵立著，抓住她的肩頭。他從未考慮娶伊西斯以外的女子為伴，可是站在那兒，看奈芙絲用信賴又害怕的眼神看著他，感覺實在太正確了。塞特心中毫不懷疑奈芙絲的實力，她知道太多事情了。

這令他想到自己的母親，可是奈芙絲不像他母親，至少她夠信任他，願意把她看到的事告訴他。奈芙絲是實話實說，雖然她的話惹他生氣。塞特花了一會兒時間，思慮她說的事，他能有許多道路，是件好事，那表示他有各種選擇，命運還沒有決定他會成為什麼樣的人，那點他挺喜歡。

也許她見到的景象，意味他可以擁有兩位女子——一位幫他編咒語，一位預見未來，那倒不賴。其他天神看到他坐享齊人之福，自己卻只能孤單地晾在一旁，豈不是要嫉妒死？孤老的單身漢註定要嫉妒一輩子吧？他想像英俊的奧西里斯跪倒在他的王位前，吃醋地抬眼看著兩位本領強大的皇后，坐在他兩側競相爭寵的樣子。這個夢想如此鮮明，塞特幾乎可以品嘗到。

無論他是現在或爾後才選擇奈芙絲，對他來說都不重要，讓這位女神心懸幾個世紀，反正無傷。至少，他想維持兩人之間的溝通管道暢通。塞特終於表示：「妳能告訴我這件事，很好。」

「你確定嗎？」她怯怯地問。「諸神並不喜歡我透露太多天機，他們會緊張。」

「我絕不會那樣，親愛的，我希望妳告訴我一切。」

「一切？」

「當然。不過首先我得去處理一件事，妳能稍後跟我碰面嗎？」

「可以。」

「很好，我今天下午會去找妳，在那之前，此事就我們倆知道，行嗎？」

奈芙絲點點頭，「好的。」

塞特衝她燦然一笑，奈芙絲從他的微笑中，瞥見他們在一起的可能性。她知道時機不對，但她也了解塞特的抑鬱。把自己所知告訴塞特，是希望讓他有所期望，並專注其上。如果她能成功，或許能讓塞特轉到她希望的正途上。

奈芙絲離開時，星群竊竊低語，說她無法控制塞特的選擇，他還是會按自己的打算去做。奈芙絲僅能期盼他不會如此，倘若他能看到她所見的景象……可是他們都看不到，連他心愛的姊姊伊西斯都看不到。

奈芙絲輕聲哼唱，穿過大庭走向亞曼拉。亞曼拉跟塞特一樣固執，想讓他談點工作之外的事，真是難如登天。他緊緊封藏自己的夢想，沒有人，就連她這樣輕聲細語，善解人意的人，也無法哄他說出口，但奈芙絲並未因此放棄嘗試。亞曼拉的職責令他格外孤獨，奈芙絲知道自己的出現，能給他帶來平靜和愉悅。

她示意僕人送茶，奈芙絲坐到他們每天早上會面的坐椅。亞曼拉進來時點了點頭，奈芙絲微微一笑，一對芳唇隱匿在熱氣飄騰的茶杯後，亞曼拉在她旁邊坐下。星群再次發出竊語，但奈芙絲知道自己操縱不了亞曼拉。他不像塞特，不可能受動搖，使他走向某條或其他道路。亞曼拉得自己做決定，而且要抓自己感覺對的時間點。奈芙絲嘆口氣，這種等待會十分漫長而磨人，但值得，她必須相信那點。

奈芙絲和亞曼拉談著諸神的事，兩人啜著茶飲，坐在從亞曼拉宮殿格窗中流洩而下的陽光中。伊西斯則站在幽暗的畜棚裡，望著一隻珍奇動物慵懶地嚼食麥子。她相信奧西里斯叫她到畜棚，就是為了這頭怪物，伊西斯鬱悶地嘆口氣。

沒有用的，奧西里斯可能想藉此轉移她的注意，幾百年來他常這麼做，伊西斯太了解他了。當她為一些事生他的氣時，他就送她一朵她從未見過的奇花、一隻毛絨絨的兔子或貓咪，不久她就會忘記自己為何生氣了，然後問他一堆跟他的冒險相關的事。

她根本不知道這頭動物叫什麼，或奧西里斯在何處找到，可是她必須承認，這奇獸很有趣。臉部長得像狗或豺狼，但耳朵豎長，生著一叢叢的絨毛，耳尖方直。牠的腿十分瘦長，彷若羚羊，但牠不是狗。就習性上，牠更像匹馬，性子溫和，吃麥子的速度，比她見過的任何動物都快。「我猜你很餓吧。」她說著笑出聲，伸手去摸奇獸的長頸子，那東西蹭過來，享受她的撫摸。伊西斯開始搔牠時，牠發出喵嗚聲，抬頭讓伊西斯搔到最舒服的點。

牠轉身眨著棕眼上的長睫毛，擺著毛絨絨的尾巴，把頭埋回麥子桶裡，又吃了一大口，同時歪著身體，讓伊西斯繼續搔癢。她愛寵地拍拍牠，「你好可愛啊，不是嗎？」

「我想是的。」她背後有個聲音說。

伊西斯轉過身，「塞特，你在這裡做什麼？」她問。

「找妳呀。」他咧嘴一笑，感覺有些緊繃。

「我在等奧西里斯，不過你可以留到他來。」她表示。

塞特臉上的笑意消失了。「如妳所願。」他低下頭，同時揮手毀去奧西里斯花園中，相當重要的一片區塊，一片這位雜草之神會極度思念的區塊。也許那會讓奧西里斯忙上一陣子，讓他有機會跟伊西斯說說話。

塞特踏向前，探身到奇獸的隔間裡，被氣味薰得大皺鼻子。他寧可帶伊西斯到別的地方，但塞特知道她不肯走，因為帥到沒朋友的奧西里斯正在抵達途中。不過，他若揭示自己的祕密，或許伊西斯會因為震驚，而同意到別處看他做展示。

「很漂亮吧？」伊西斯指著那頭動物說。

塞特實在看不出這玩意兒有什麼好看，事實上，就目前為止，塞特覺得牠毫無用處——個頭太小，不能騎，又不夠聰明或柔軟好抱，沒法當寵物。牠吃穀物，也就是說，牠需要餵食。這種草食動物對於防治老鼠，可說是零功能。

「很美。」他冷冷地說，不再去看那頭奇獸。「伊西斯？」塞特開口表示。

「怎麼了？」

「我想跟妳聊聊。」塞特突然嘴巴發乾，打死也想不出半句練習過的詞，因為美麗的女神正用一對嚴厲的眼睛盯著他。

「說呀，」她鼓勵道，一邊站起來，硬挺著身子，彷彿準備迎接接下來的話。

塞特也站起身抬眼看她，這點令他有點懊惱。塞特並不矮，至少跟凡人相比不矮，但伊西斯比他高出好幾吋。等他娶她當新娘時，一定要把她的寶座弄得比他的低，娶一位比他更會引人注意的妻子，是不行的。「我……我想告訴妳，我已獲得自己的神力了。」他故意說得直白，或用缺乏自信的聲音說話，但他最多似乎只能做到這樣了。當伊西斯一臉興奮，塞特的心情稍獲抒解。

「真的嗎？那太棒了！」

「是啊。」他有些羞怯地咧嘴一笑，「我希望妳是第一位聽到消息的人。」

「我太榮幸了。所以呢？」伊西斯抓住他的手，「是什麼？」

「是……呃……」塞特的眼神飄到畜棚，尋找某些不重要的東西。他發現一張擠奶的小凳子，便把凳子擺到兩人中間。「看仔細了，我展示給妳看比較清楚。」

塞特抬起手，凳子閃閃一亮，接著便消失了。老實說，毀掉靜物實在太容易了，幹這種事，實在表現不出實力，塞特覺得根本是在浪費力氣。無論凳子的木料以前具備何種生命，早就都消失了。不過伊西斯還是非常訝異，她拍著手。

「好神奇啊！」她轉著身，「凳子跑哪兒去了？你能移動任何東西嗎？」她問：「那人呢？」

「我並不是把凳子移走。」塞特有些不安地說：「我把它……滅掉了。」

「滅掉？什麼意思？」

「意思是，它現在已經不存在了。」

「所以你把它毀掉了嗎？」

塞特搖搖頭，「毀掉是把東西弄壞，被破壞的東西，物質還是存在的。我把物體從宇宙間抹除了。再回答妳之前的問題，答案是『是的』，我可以對任何東西做這件事。」

「可是東西被滅之後……」

塞特誇大地抬起一隻手，「就像我說的，它們便不存在了。若是像樹或動物那樣的活物，它的部分元素便會轉移到我身上，其餘的回歸混沌之水。」

「混沌之……你確定嗎？」

「非常確定，我親自過去那邊做過測試。」

「可是那表示你已殺掉……」

塞特豎起一根手指打斷她。「是滅絕。」

伊西斯振著翅膀，額上露出個小褶子，洩露了她對塞特的不悅。「殺戮、滅絕，那有什麼不同？」她質問道。

塞特皺起眉頭，這場對話並未朝他希望的方向走，「我覺得妳是見樹不見林。」

「那究竟是何種『樹林』？」伊西斯問。

「混沌之水被回填了。」他搭住她的肩，伊西斯身子一縮，塞特咬著牙。「回填哪，伊西斯，妳明白那是什麼意思嗎？」

他頓一下，伊西斯瞪大眼睛，「那表示可以創造更多生物。」她嚴肅地答說。

「是的！」他興奮地點著頭。

伊西斯心中想到各種可能性，混沌之水再次填滿，她可以生小孩，也許不止一個，她可以當母親了。

「你能滅掉無生命的物體，來填滿混沌之水嗎？像凳子這樣的東西？」她問。

「不行，唯有滅去活體，才能填充混沌之水。生命力越強，水便上升得越高。」

「可是毀滅生命體是不對的。」她說。

塞特不耐地嘆口氣，「不是毀滅，是滅絕。可是妳難道不懂嗎？妳可以幫我。」

「幫你？怎麼幫？」

「幫我選擇要滅絕什麼，有妳在我身邊，我們會是完美的平衡。相輔相成，平起平坐，我製造的混亂與妳的創造力。妳的智慧與善良會約束我，我將成為火爆的復仇之神，而妳將是我那冷靜的對手——撲滅我的烈焰，提供我紓解與療癒的女神。」

伊西斯只是瞪著他，眼中淨是困惑與懷疑，塞特緊追著說：「伊西斯，我知道妳跟我一樣討厭那些規定，想想我們在一起能做些什麼。我可以給妳渴望的東西。妳決定保留的凡人與創造之物，我不會去動他們。那些妳所愛的人，可以永遠活下來。犧牲一些樹和花，絕對值得。」塞特故意誤導她。要讓一個人長生不死，花費的豈止是一些花草樹木，尤其他若要吸收一部分他們的生命能量的話。但他還不打算讓伊西斯知道那件事，還不行。

伊西斯吸了口氣，想到一個點子。她可以解救芭妮堤，這是可以辦到的。如果她支持塞特，塞特便會讓她那麼做。

「你究竟想從我身上得到什麼？」伊西斯問。

塞特抬頭對她冷笑一下，他知道伊西斯慢慢開始以他的角度思索了。監看她是值得的，她是他的，連偉大的伊西斯都無法抗拒他的力量。

「我要妳。」他簡單地說。

「我？」

「是的，這事真的有那麼令人震驚嗎？妳是位美麗的女人，不僅美麗，而且還具有編造咒語和療癒的才華。我希望我們能攜手合作，創造兩人之間的連結。」

「可是諸神之間是不許有連結的，何況，我並不愛你——即使沒有這份禁令。」

塞特聳聳肩，彷佛不在乎，但實際上，伊西斯喜歡別人，令他非常惱火。「我們將改變規則，還有……愛遲早會來。」他說。

「如果沒有呢？」

他轉開身，不希望她瞧見這話有多麼激怒他。「如果沒有，我們就一起私下處理。」他大聲說，心中思忖有沒有可能滅絕一個人的感情。那樣做會損害心智或心臟嗎？拿自己的新娘試驗，會不會有風險？他在對伊西斯施用法力之前，得先拿別人開刀。他需要伊西斯保有健全的心智，才能編寫咒語。

塞特走開時，伊西斯抓住圍欄邊，望著那隻走過來用頭抵住她手的動物。牠已將麥子吃光了，也許是推著她討食。伊西斯心思恍惚地撫著奇獸，一邊思忖塞特的提議。能解救芭妮提，並擁有自己的孩子，是她最熱切的願望，可是她能為了讓他們活下來，而犧牲其他生命嗎？這又回到亞曼拉之前所說的答案了。誰或什麼會放棄他們的生命，去解救她所愛的人？

而且還有一件事實，塞特對她懷有男女之情，他想要她，奧西里斯說中了。伊西斯並不否認，她極想與另一名天神有連結，雖然法律禁止，但她從未想過跟塞特在一起。

她能拋下對奧西里斯的感情，全心對待塞特嗎？她對他沒有愛。伊西斯並不想接近他，塞特離開時，她從不曾思念過他。老實說，他不在眼前時，伊西斯壓根沒想過他。

可是奧西里斯不在身邊時，她會想他想到心痛。她希望被他擁抱，渴望再次被他親吻，就像前一夜他吻她那樣。伊西斯無法想像永遠沒有奧西里斯的情形。

伊西斯突然心中一凜：萬一塞特發現了，他會滅去奧西里斯，讓她的愛無處著落嗎？她不容許這種事。她雖然想生孩子，想拯救芭妮提，但她知道塞特的提議是錯的。

伊西斯轉向塞特，像姊姊似地朝他同情一笑。

塞特看了渾身一僵，伊西斯尚未開口，塞特便已知道答案了。

「塞特，希望你知道，我真的很認真考慮過你的求婚，」她表示，「可是恐怕……」

塞特一把抓住她的手臂，臉上縱有一絲溫柔，也被冷峻取代掉了。她竟敢同情他？「妳休想拒絕我，伊西斯。」他啞聲說：「我知道妳會覺得訝異，但我會給妳時間考慮我的求婚，我警告妳，我很想得到妳的身體與靈魂，其他答案我都不接受。這是我該得的。」他罵道：「為了讓妳明白我真正的神能……」

塞特將她拖到木欄邊，逼她看他滅去她剛才迷上的動物。「不要，求求你！」她哭喊著伸出手，看著奇獸消失無蹤。

看到伊西斯哭倒在自己腳邊，一股快意流竄塞特全身。他蹲到伊西斯身邊，抬起指尖觸著她淚溼的臉頰，在指間搓揉一滴淚水，揚起嘴角。他好享受看這位美麗的女神，變成淚汪汪的哀求者。

「也許妳還需要多一點勸服。」說著塞特閉起眼睛，將法力進一步推展出去，前所未有地測試法力的極限，滅去每一隻伊西斯喜歡的小奇獸。牠們在宇宙每個黑暗的角落裡，瞬間眨逝。

接著有趣的事發生了，成千上萬的奇獸生命能量，立即灌入塞特的生命裡，那感覺排山倒海，令人震驚，塞特無法立即吸收。塞特心中聽到無數無辜生靈的尖叫，朝竊走它們生命能量的他衝過來。塞特的頭比以前鼓脹得更厲害。

以前滅絕物種後的感覺雖然不舒服，但痛苦通常十分短暫，可以讓他輕易地忽略伴隨而來的罪惡感。這回他被迫全面觀照自己的作為，塞特看到的景象令他不寒而慄。他揪住頭髮狂扯。

雖然感覺像無止境，但亡靈造成的劇痛還是過去了，痛苦漸漸消失，僅維持了幾秒鐘。等痛苦消失後，他奪走的物種生命能量便注滿他體中，有效地壓抑住一波波襲來，威脅著令他跪倒的罪惡感。那種粗豪的力道，是他不曾體驗過的。

塞特變得更強大了，他的視力增強百倍，他覺得飢腸轆轆，身體被新能量撐到發顫，接著他開始蛻變。一刻前他還是自己，下一刻身體便化成剛才被他滅去的小獸了。

這種結果令人苦惱，卻也非常非常有意思。塞特驚恐萬分地困陷在剛才滅去的生物形體中，懷疑是否自己招來天譴，但轉瞬間，他又變回正常的自己了。事情發生如此之快，伊西斯甚至沒有注意到。

她的翅膀捲繞住自己的身體，讓塞特無法看到她。塞特伸著手指，撫摸自己雙耳。他心中仍能感覺到奇獸的長耳朵，感覺空氣流過耳內敏感的絨毛。他想像奇獸的氣味仍瀰漫在自己皮膚上，他好想把身體泡到溫暖的池子裡，把對奇獸的記憶從身上刷掉。

可是幾乎也在同時，塞特猜疑自己能否再次化成奇獸。如果因為讓奇獸絕種，才獲得幻化的能力，他難道不能拿其他物種重施故技嗎？塞特急欲練習這項新發現的神力，並列下可能的實驗動物名單。塞特站起身。

「你到底幹了什麼？」伊西斯在翅膀的幽陰中喃喃問，一心仍想著那隻奇獸，這轉瞬間發生太多事情了。塞特沒立即回答，伊西斯抬起淚痕滿布的臉看著他，祈求他尚未對奧西里斯或她妹妹做出可怕的事。

「噢，那個呀。」塞特良久才回答，他準備終止這場乏味的對話了。「我把牠們每一隻都滅了，妳再也看不到那種奇獸，牠們已經絕種了。」

伊西斯張大嘴，震驚到說不出話。她渾身發顫，翅膀抖動，塞特抬起一邊眉毛，不知她會不會在此刻還擊。但伊西斯顫著下巴，再次把頭埋到翅膀下，能操弄偉大女神伊西斯的情緒，太令人開心了。

塞特大膽地抓住她一隻柔軟的翅膀一掀，露出她的臉。「我且先讓妳考慮妳的選擇，伊西斯，妳最好做出正確決定，我希望妳最後會做對。」

塞特離開畜棚後，越過屏障，來到人間，尋找下一種實驗對象。也許下回看到伊西斯時，他便能隨意幻化成大貓，或熊，甚至是一條龍了。想到他能用各種方式折磨奧西里斯，逼伊西斯屈從他的意志，便令塞特臉上笑開了花。

不久之後，奧西里斯找到哭泣的女神。「伊西斯？」他跪到她身邊，「妳還好嗎？出了什麼事？」

「是塞特。」伊西斯伸手拉住奧西里斯的臂膀，把發生的事告訴他。這位宅心仁厚的天神怒不可抑，當伊西斯告訴奧西里斯，塞特不僅殺了那頭可愛的奇獸，而且還滅去宇宙間所有奇獸時，奧西里斯忍不住雙手發顫。奧西里斯將伊西斯拉起來，抱到懷裡，雙手不再顫抖。

「那奇獸叫堤豐。」奧西里斯撫著伊西斯的頭髮喃喃說。

「現在牠們全絕種了。」伊西斯表示，「你說得對，」她坦承說，一邊眨掉眼中的淚水，「他想得到我。塞特以為他可以從我胸口把我的心奪走，占為己有，就像以前撕破他母親的子宮硬跑出來一樣。」

奧西里斯捧起她的臉，「妳不肯給的東西，他奪不走。」

伊西斯說：「他的力量威猛駭人，你沒看見，我好擔心他會……」

「是什麼力量？」伊西斯從他身邊走開時，奧西里斯問。

他想安慰伊西斯，卻不知從何著手，只能往她靠近。伊西斯把翅膀挪到背後，用手環住他的腰，把頭枕在他肩上。「我怕他會試圖滅掉你。」

奧西里斯身子一僵，問道：「妳認為他辦得到嗎？滅掉一名天神？」

「我不知道。我只知道有這種可能，還有他打算將我納為己有。如果他威脅傷害我所愛的人，我將無從選擇，只能接受他的要求。」

「妳不會的！」奧西里斯悍然表示，伊西斯看著他，他努力平定自己。「妳不會的，」他以溫柔的語調說：「我不會容許他逼妳就範，我們去找亞曼拉。」

「不行。」她搖著頭，退離他的懷抱。「你知道亞曼拉，他會暫先觀察一番，要不就是在長串規範中，增添更多規定。即使亞曼拉想對塞特做點什麼，也有可能辦不到。在我們習於自滿的這段期間裡，塞特會傷害更多生靈——植物、動物，甚至人類。你會希望他破壞你那些遼闊的雨林嗎？你的農地和果園？」

奧西里斯一凜，「堅果林一定是被他毀掉的。」

「你是指我們昨晚在一起的那個地方嗎？」她的血管竄起一陣寒意，塞特一直在監看他們嗎？

奧西里斯點點頭，「林子突然消失了，整片地區都看不到生物，連半根雜草、堅果或蟲子都找不到。更有甚者，那片土地現在變得貧瘠荒蕪，鳥不生蛋，再也沒有東西能從那兒長出來了。這樣的法力……實在……難以想像。我們得設法阻止他。」

「是的。」伊西斯同意說：「我不會讓他把我深愛的人類滅掉。」女神咬著唇，然後吸口氣，轉向奧西里斯。「你為什麼找我來？」

「什麼？」

「你為什麼叫我到這裡？是想讓我看那頭奇獸，那隻堤豐嗎？」

「是的。」他本能地回答，看到伊西斯垂頭喪氣的表情，他拿手往自己頸背上一拍，揉道：「不是啦。」

伊西斯抬起眼，「那是為什麼？告訴我，奧西里斯。」

「我……我的確是想讓妳看那頭奇獸，但那只是跟妳講話的藉口而已。」他瞄著她的臉，卻看不透她那對嚴肅的眼睛下，是何心思。

「你想談什麼？」她直截了當地問。

「我們。」他嘆口氣。

「我們？」

奧西里斯搭住她的肩膀，一滴被遺忘的淚珠在她烏黑的睫毛上閃動，奧西里斯希望自己永遠再也不會害她掉淚了。奧西里斯下定決心說：「妳坦白地與我分享自己的感受，我卻一直有所保留，可現在我明白了，不讓妳知道我的感覺是錯的。」

她抽了口氣，「那麼告訴我，奧西里斯，你是何感覺？」

她凝望他的模樣，令人迷醉，她完美地融合了威儀與脆弱，奧西里斯發現自己忍不住碰觸她，撫摸她的臉，用拇指擦去那依然閃亮的淚痕。「我跟妳說過，我需要思考，我真的仔細想了，想了一整夜。之前妳跟我傾訴感情時，太令我震驚，我從未考慮過這件事。我雖然努力不去想妳，卻辦不到，妳的臉盤踞了我的心思，昨晚我們接吻時……」

伊西斯挪過來，奧西里斯拉住她的手放到自己胸口。「然後呢？」她鼓勵地說。

「昨晚我才明白，否認我對妳的感情，等於否定了自己的幸福。」

「所以你是要說……？」

他將伊西斯的雙手平貼到自己胸上，「我要說的是，我愛妳，伊西斯。我的心只為妳而跳。」

伊西斯一時無法呼吸，奧西里斯站在她面前掏心吐肺，她腦中卻擠不出一個字來回應他的告白。

他用力擠著她的手。「伊西斯？妳聽到我說的話了嗎？」

「聽到了。」她低聲說。

「所以……就那樣嗎？妳沒有別的要說嗎？」奧西里斯問得有些緊張。

她咧嘴一笑，她能令這位帥氣的天神不安，讓她有些竊喜。伊西斯環臂抱住他的脖子，用唇輕輕印住他的，愉悅地感受到他身體的微顫。「我也愛你。」她在他唇上喃喃說。

伊西斯感覺他在笑，但隨即淪陷在他熱情的擁抱裡。每個撫觸都是新的發現；每記吻都令人難忘。當他的手輕撫她翅膀內側易感的羽毛，她的身體便一陣酥顫。她一直渴望被這名男子擁抱，現在她終於如願了，伊西斯發現原來自己想像力太過有限。

能表達她對奧西里斯的愛，並感受他的回應、他的每記撫觸、每個吻和看她的溫柔眼神，本身就是一場魔法。這是她的夙願——有人能與她心心相印。他們攜手發現的，這項脆弱、嶄新、美妙的事，對她而言如此珍貴、完美，僅有一個人能破壞它——那就是塞特。

伊西斯輕輕推著奧西里斯的胸膛，中斷他們的吻。「你發誓你愛我，而且只愛我一人嗎？」伊西斯問。

她的表情肅然，眼中攪動五彩。伊西斯還在懷疑他，令奧西里斯感到難過。「是的，」他輕聲回答。「無論會有什麼結果，只要宇宙容許我們的愛存在，我就是妳的，伊西斯，如同妳是我的一樣。」

伊西斯捧起他的臉，「那麼，奧西里斯，讓我們發一個永不可破的誓言吧。」

5 巴別山

「一個永不可破的誓言？」他重述道。

「是的。這件事我想了很久。」伊西斯牽起他的手，將奧西里斯拉到畜棚內，然後施咒，確保二人真正的獨處。等施咒結束，伊西斯解釋道：「你知道亞曼拉派遣舒，硬是把蓋伯與努特拆散吧？」

奧西里斯點點頭，「努特是蓋伯的地下妻子，但星群揭露了他們的關係，亞曼拉便下令風之神將他們分開。」

「我不會讓我們倆發生這種事。」

「我們要如何阻止？」他問。「星星們無處不在。」

「未必。天堂裡有道裂痕，那裡的夜晚被白日遮蓋，如果你站到正確的位置上，群星便看不到了。」

「在哪裡？為何我從沒聽說過這件事？」

「在巴別山的山巔上，我是從我妹妹那兒聽來的。奈芙絲告訴我，那是她唯一不受預見的景象干擾的地方。」

「可是巴別山是禁地，諸神不該涉入。那是個令人困惑的矛盾之境，宇宙的和諧在那裡碎成了片段，她是如何保持清明的？」

伊西斯皺著眉，「也許她並沒有，至少不全是那樣。我想奈芙絲有受到那裡的影響，但她的幻覺對她的折磨，遠甚於表面所現，我不會阻止她去那個可以帶給她撫慰的地方，當然更不會背叛她，去跟亞曼拉通報。何況，她回來時，我將她的心神治好了，幾乎都好了。」伊西斯把妹妹的事擱置一旁，再次聚焦他們自己的問題上。「巴別山當然危險，但也正因如此，才正好適合我們的目的。」

奧西里斯撫著她的臉，「我不願在那瘋狂的山上失去妳。」他柔聲說。

「你不會的，即使我們迷失了，也會找到彼此。」

「妳怎能確定？」

伊西斯揮揮手，便出現了兩個小瓶子。一個是藍色彩瓷，有著銀色的貓頭蓋，第二個是雕刻的條紋大理石瓶，瓶端有條金色眼鏡蛇。伊西斯小心翼翼地移開瓶蓋，抓住瓶子，一邊喃喃念咒。「我們將各自握有對方一部分的心，它們將引領我們的腳步，直至我們找到彼此。」

她把手放到自己心口，然後閉起眼睛。當她把手抽回時，一顆漂亮的紫水晶心甲蟲穩穩地坐在她的手掌裡。心甲蟲有金製的翅翼，打薄到近乎透明。她向奧西里斯遞上心甲蟲，奧西里斯接過去，讚嘆那閃亮的寶石，接著用手指輕輕畫著寶石的表面。

奧西里斯可以從心甲蟲感覺到伊西斯的心跳，這令他既安慰又害怕。想到他有可能失去她——更有甚者，失去自己——便令他打從心眼底恐懼。但奧西里斯亟欲證實自己配得上伊西斯的愛與信任，至少他能報以她同樣的信任。

奧西里斯輕手輕腳地把伊西斯的心甲蟲放入大理石紋的瓶子裡，然後蓋上蓋子。接著他低聲念誦咒語，用樹汁封住瓶子，那樹汁黏度之大，在自然界絕對找不到溶劑。等奧西里斯滿意後，他喚出自己的心甲蟲——一顆閃閃發亮的金鑽，周圍環以陽光般成熟的黃金色麥稈，而不是翅膀。

「好美啊。」奧西里斯把心甲蟲交給伊西斯時，她說。

由別人握住你的心，感覺好怪，用包圍兩個字應該更恰當吧，因為伊西斯已包圍了他，捕獲他的身體與靈魂了。奧西里斯站在她的翅膀陰影中，視自己為她的囚徒，自願抬起手腕，讓自己上手鐐，但他知道，宇宙中再也沒有別的地方能讓他如此滿足了。

他們的做法十分瘋狂、衝動，然而愛情不就是一種瘋狂的形式嗎？有那麼一剎那，奧西里斯懷疑自己的愛，是伊西斯施咒的結果，害他在平時會謹慎的地方，卻橫衝直撞。接著他把這念頭拋到一旁，他依然主宰了自己的欲望，況且，就算伊西斯對他下咒，他也不在乎了。

他看過別人鬧相思，但當時奧西里斯並不明白，不全然懂，現在他知道自己也犯傻了。伊西斯是朵迷人的花朵，他無可救藥地迷戀上她。如今他品嘗過她，已無法自拔，渾身滿是她甜蜜的花粉。若花粉的重量將他往下拖墜，讓他淹溺在她的擁抱裡，那麼他覺得這生都值得了。

伊西斯就是他的目標。

是他的一切。

原來他這輩子都在找尋她，卻一直沒弄明白。

奧西里斯看著伊西斯把他的心甲蟲放入她的藍瓶裡封住，然後轉身面向他。「我們得留意塞特。」她打斷他的思緒，走開幾步，然後折回來。「尼羅河的漲水期快到了，我沒說錯吧？」

「是的，我會監控河水的漲幅，利於穀物生長。現在還有點早，但時間快到了。」

「那麼你今天就過去讓尼羅河上漲，即使時間仍嫌早。水會淹滅東西，然後讓萬物重新茁生。我會把這股力量編入我的咒語裡，況且那會是個好兆頭。」

奧西里斯贊同這點可行時，伊西斯接著說：「等太陽落到地平線下，你便往巴別山出發。我的心甲蟲切不可離身，我會利用之前的幾個小時穿過天空，遮藏我們的行為，然後準備咒語。等太陽沉落後，我會去巴別山找你，等我們找到彼此再躲到陰影中，直到黑夜與黎明交界時。之後，便再也沒有什麼能將我們分開了。」

伊西斯知道她的要求很多，但兩人只能靠這個辦法在一起了。事實上，她並不確定自己能否導出足夠的能量，施用如此強大的咒語。奧西里斯若稍有動搖，這辦法便會失效，她就會失去他了。「你確定這是你要的嗎，奧西里斯？一旦我們彼此連結，便沒有什麼能分開我們了，連死亡都沒辦法。我要求你的事非常嚴峻，倘若你有疑慮……」

奧西里斯抬手滑向她的頸子，然後低頭吻住她豐潤的雙唇，將她的話打斷，並希望藉由擁抱傳達他的深情。他拉過伊西斯貼住自己，伊西斯在他懷中一軟，雙肩終於不再緊繃，奧西里斯低聲說：「我會按照計畫，現在先離開妳，直到我們再聚，這記吻是我的祕密誓言。讓塞特阻攔我們，讓星群挫敗我們，讓亞曼拉禁制我們。我們將憑靠自己的意志與意願而結合，藉著我們對彼此的愛，讓我們的靈魂不再孤單。」

「萬一我失敗呢？」她輕聲問。

「無所謂，」奧西里斯撫著她的秀髮答道。「今晚我的心，將會滿載狂喜或悲傷，但無論何者，這顆心都屬於妳。」說罷奧西里斯吻住她，用唇封鎖自己熾烈的允諾。

伊西斯揚起雙翅環住二人，彼此緊擁，兩人都知道自己要冒的奇險。長吻之後，兩人終於萬般不捨地分開了，奧西里斯目送伊西斯先離去，她將裝著他心甲蟲的藍瓶子夾在腋下。

「要注意安全，我的愛。」他目送伊西斯飛過蒼穹，口中喃喃說道。等伊西斯消失後，奧西里斯才拿起大理石瓶，放入他一向隨身攜帶的袋子裡。接著奧西里斯抬起雙臂，沉入地面，穿越分隔神界與人間的黑暗。

奧西里斯覺得白日的時間過得緩慢無比，他的心思經常飄到伊西斯身上，以及她將編造的咒語。他們倆都冒了大險，也許亞曼拉發現他們幹的好事後，會沒收他們的神力。也許他會將他們放逐人間，讓他們像凡人一樣地辛苦營生，但這件事並不如預期的那麼困擾他。

憑著他的農業知識和伊西斯的醫術，他們在一起會過得非常好，即使僅享有凡人的壽長。奧西里斯揉著下巴，調整袋子，一邊邁步穿越城市，朝農地和尼羅河邊的綠地走去。

伊西斯若變成凡人，也許會後悔失去她的翅膀。老實說，他也會遺憾失去她的翅膀。伊西斯的翅膀華麗無比，摸上去的感覺更是無可言喻，但翅膀雖是她的一部分，卻非她的全部。

即使她不是女神，他仍擁有這名女子，伊西斯這樣的女人，是所有男人的夢寐以求。他倆就算成了凡人，也會很幸福。奧西里斯停下腳步，突然領悟到變成凡人後，他不僅能與自己所愛的女人相守……

奧西里斯從未考慮過生小孩的事，可現在這想法在他心中扎了根。一個兒子？女兒？滿屋的小孩？他想到當天神學過的一切，所有他能與子孫分享並傳授的事。奧西里斯心跳加速地發現自己好渴望家庭。

就像他在伊西斯示愛之前，一直不知自己愛著伊西斯，奧西里斯也從未容許自己有當父親的念頭。伊西斯說得對，被剝去神力，成為脆弱的凡人，是一種解脫。

他所有直覺都在告訴他，還有更多，他能做更多事，比現在活得更完足。他的追尋有錯嗎？也許吧，但他還是會義無反顧地去追尋。如果最糟的狀況就是成為凡人，與伊西斯相守，奧西里斯覺得自己可以接受。

奧西里斯來到尼羅河，抬起雙臂念咒，讓河水上漲，漫出河床。當他抬望太陽時，臉上忍不住綻放笑容。當泥濘的河水漫至他腳邊，拍擊他的腳踝時，奧西里斯縱聲大笑，開心地想著自己的非分妄為。無論他與伊西斯攜手同行的這條路將送他上天堂，或令他墜入凡問，只要兩人相守，就無所謂了。

尼羅河水舔吻著乾涸的土地，河水乾去後，留下的肥沃泥漿，將滋養河岸上生長的穀物，餵食成千上萬的人。尼羅河漲水不是件小事，河水承載的腐物，將帶來新的生命，這是自然的過程。也許跟伊西斯在一起，他必須犧牲部分的自己，但這麼做，是在培育兩人之間的新狀態。

奧西里斯涉水走回農地時，心想，亞曼拉總愛對他們高談犧牲，教導他們有時必須先有失，才能有得。他若跟亞曼拉解釋自己的信念，也許這位偉大的天神能夠理解。但話又說回來，也許不能。

奧西里斯甩去涼鞋上的泥巴後，以凡人的速度穿越田地。金黃色的穀物十分茂密，空氣中飄著被晨陽曬暖的乾草香。天氣朗麗，他不斷想著他的情人，以及他們為了相守，而必須跨越的種種試煉。

伊西斯覺得時間過得飛快。她一再編寫咒語，喃喃自語，然後把文字擦去，測試每個字的強度。等滿意後，她飽食一頓，因為需要花費所有體力去啟動咒語。然後她飛向沉落的太陽，讓陽光注滿她身體，使羽翼更壯大，當陽光點亮每根羽毛，伊西斯感覺療癒的暖意注入她血管中。

連諸神都不曉得，伊西斯的醫治神力位於她的羽毛中。如果她掉了一根羽毛——這種情形，只偶爾發生在她睡著時——伊西斯便會搜索寢室，直至找到羽毛。她的羽毛即使掉了，仍具有極大的法力，伊西斯偶爾會送羽毛給急需的凡人。

芭妮堤從不知道，她幼時被伊西斯找到時，已瀕臨將死。伊西斯送了她一根羽毛，羽毛從芭妮堤的背部被吸收進去。然而伊西斯只能將疾病擋住，直至芭妮堤的天年到來。伊西斯在治療芭妮堤時，試著透過每根羽毛，把身上所有法力灌到芭妮堤身上，但法力滯留在她體內，仍是無法為衰老體弱的芭妮堤根除疾病。

此時她在天際盤桓，盡可能地吸收每一絲陽光，以便啟動自己畢生所創，難度最高的咒語。伊西斯希望她可以告訴妹妹，可是奈芙絲知道的任何事，星星也都會知道。她不能冒這種險，至少得先等事情辦完。

夜幕降臨，伊西斯飛向杜瓦台邊陲的幽黑山林。飛抵山巔雖是最容易的路徑，卻也是最危險的一條。接近巴別山會令人心智錯亂，她很可能撞到山壁，或迷向墜入海裡。這種事或許殺不了伊西斯，但會引起赫里波利斯的注意，她絕不能允許。到達山巔最好的方法，就是用爬的，而爬山可能耗去數個鐘頭。

伊西斯降落在山腳，抓緊裝著奧西里斯心甲蟲的瓶子，然後找出一條路徑。一開始爬坡很輕鬆，甚至頗為愉悅。空中瀰漫著樹汁的香氣，腳下踩的松針，使地面變得平緩。伊西斯開始聽到星群的竊語。

奈芙絲常解釋這些竊語，所以伊西斯知道，至少理論上明白竊語是怎麼回事。星星們監視所有一切，知道一切，但它們僅分享重要的訊息。這並不表示它們分享的事對個人很重要，而是它們覺得重要的事。

奈芙絲曾跟她說，竊語在夢裡會變得更明確，可是預見未來本身，就夠教人發狂了。伊西斯並不羨慕妹妹的這項天賦，一點都不羨慕。來到巴別山，星群令人迷亂，情況愈發糟糕。在她抵達山頂之前，她只能任由它們擺布了，那山頂就是一塊巨大的毒蛇石。

她不能相信在山上的所見所聞，唯一能確定的，是她緊握在手裡的心甲蟲。透過心甲蟲，她能知道奧西里斯也在這山區，雖然她不清楚在哪裡，還不知道。奧西里斯靠近時，心甲蟲的跳速會增快。儘管如此，她得等兩人在山巔聚集後才能施用咒語，而且得掐準時間。

伊西斯爬上山，循著「之」字形的鹿徑攀行，群星的竊語越來越揮之不去了，它們一度帶她來到一處樹洞，叫她躲起來。伊西斯的心堅信自己有危險，於是她按照星星的話去做，她在樹幹裡發抖著，腦中爆出星星送來的各種畫面。

在她紛亂的夢景中，伊西斯看到自己極度悲悽地坐在一座墳裡，墳墓飄著霉味和焚香的氣息，豆大的淚珠從她臉上滴落。聽到雙頭斧砍斷某個東西的聲音時，她放聲尖叫，雖然她並不知道是什麼東西。她妹妹就在附近，但整個人很不對勁。難以想像的慘事發生了。

在另一個幻景中，伊西斯看到自己嫁給塞特，看他擊潰所有天神。由於混沌之水注滿了她家族的生命能量，因此她得以受孕，產下一對龍鳳胎，塞特為之命名黎明與黃昏。他驕傲地帶孩子給他的心腹扈從看，那些人忠心不二地效命於他。每個人都彎身行禮，大力奉承，並跪在他腳下，聽塞特誇誇其談地說著自己的孩子，說任誰見著他們，都忍不住多看。

然而伊西斯抬眼看她的孩子時，卻什麼都看不到，因為她只看到那些為了孩子存活而被滅絕的人。她雖渴望當母親，卻無法克服心中的悲痛，因為每個落日與日出都染著鮮血，她覺得一點都不美。

伊西斯勉強離開樹幹，試圖拋開那些可怕的景象，咬牙勉力前行。她吃力拖步前進，亞曼拉的聲音嚴斥她做了錯誤選擇，並督促她放棄拯救芭妮堤的想法。這是已經發生的事了，至少她原以為如此，但現在她不確定了。

經過數小時的漫遊後，罐子裡的心臟劇烈跳動，這表示奧西里斯距離更近了。伊西斯加快步伐，她知道自己在樹幹裡浪費太多時間，但願他們沒有太遲。如果他們能找到彼此，便能更輕易地對付這令人發狂的山區了。

事實上，奧西里斯比伊西斯爬高了許多，他一直利用自己掌控生物的能力，來鎮定自己的心智，可是現在旋繞的群星，已經連森林中那些較大樹都應付不來了。奧西里斯一邊攀爬，一邊聽到有個女人的聲音說，伊西斯對他的感情會生變，她的愛火將熄滅。奧西里斯不相信，他無法相信，星星們一定是在撒謊。

奧西里斯用手臂抱住粗壯的樹枝，喘著氣，他的心被占據了。奧西里斯在幻象中看見伊西斯，她的皮膚煥光，如同日落時閃動的尼羅河。伊西斯看他時，他得抬手遮住自己的眼睛。她那美豔的容顏，與自內而發的光芒相比，簡直小巫見大巫。看著她，就像直視太陽。

奧西里斯為她迷眩目盲，伊西斯是如此強大而燦爛奪目，他敬畏地抽著氣，讚嘆這樣的女子，竟會愛上他這樣的人。接著他雙眼一瞠，看到她跪在一個死去的形體邊，探身張翅環住他。她試著讓那人起死回生，奧西里斯知道這種做法會害死伊西斯。「不要！」他大聲喊道，聲音在山上迴盪。「不要，伊西斯，不許妳那麼做！」

群星將幻影旋開，奧西里斯看見一名男子──不對，是一位天神。此人高大挺拔，看來極為眼熟，雖然奧西里斯知道自己從未見過他。那天神被扔到沙漠裡，受盡折磨，被蠍子螫，受野獸攻擊，遭毒蛇咬。奧西里斯很想過去幫忙，卻被某種力量困住，當他向前踏出一步，卻絆倒了，兩腿狂抖，有如初生的幼獸。

他的腦子暈眩不已，等暈眩停止後，他已站在一個新地方，一個他認得的地方了。那是人間，沙地上立著幾座簡樸的金字塔，三名年輕人站在金字塔頂端。他們在那裡汲取法力，力量強到奧西里斯知道他們無法承受得住。當能量自宇宙八方湧向他們，金字塔便像導管一樣，在底處吸收光，然後將能量往上導向站在塔尖的男子們。

接著他們幾位做了一件他前所未見的事，他們把光匯聚到自己體內，光從他們伸出的臂膀上炸射而出，在夜空中形成一個不可能的三角。奧西里斯並不知道他們為何這麼做，他們是何人，對他而言是個謎。他以前從沒見過這幾位天神，但他無法否認，他們手中握有宇宙的法力。此三人雖具這項本領，卻搖搖晃晃，倒地而亡，接著阿努比斯便導引他們去往冥界了。

其中一名亡靈看著奧西里斯，彷彿也能在幻象中看得到他。這令奧西里斯大為震驚，但他覺得對方並無惡意。那位年輕人對他點點頭，然後轉身跟隨其他人，年輕人伸手搭住個子較大的男子肩膀，可是當他那麼做時，奧西里斯也感覺到有人用手搭住自己的肩膀。這景象令他嚇一大跳，奧西里斯轉過身。

「伊西斯。」奧西里斯舒了一口氣，「我剛才……」

「迷失在夢境中嗎？」

「是的。」

「現在別去想它了。」她低聲說：「我們明天再談。」

「明天。」他點頭重述。兩人會有明天的，一定會。奧西里斯拉住伊西斯的手，一起完成登山，不再迷途。彼此的相近，讓他們變得更穩定，就像之前山下的樹林為他所做的一樣。「我們之前為什麼不能一起爬山？」

「不能讓星群看到我們在一起，得等我們爬得夠高，才會被狂亂掩去我們的身形，無法讓星群看到。」

「可是它們難道不會懷疑我們在這裡做什麼嗎？因為我們倆在同一個夜晚攀登巴別山？」

伊西斯搖搖頭，「奈芙絲跟我解釋過，星星看待事物不是線性的，它們只知道我爬了山，而你也爬了山。對它們而言，這可能相隔好幾個世紀。我們現在離毒蛇石已不遠，形體會變得模糊。而且星群非常保守，除非落實了我們的連結，否則它們不會出面反對。等生米煮成熟飯了，它們才會反應。」

伊西斯和奧西里斯攜手掙扎，直至接近山巔，他們蹲到一棵樹的枝枒下。奧西里斯看得出這株樹已有千年樹齡，他坐在樹幹下，把伊西斯抱到大腿上緊緊攬住，一邊低聲安慰備受幻覺折磨的伊西斯。伊西斯也投以回報地撫著他的額眉，親吻他的太陽穴，協助他分辨真假。奧西里斯雖懷抱伊西斯，但心中的幻景與實際情況，僅偶爾會適切地重疊在一起，大部分經驗都是讓人很想逃開的無邊折磨。

有一度，奧西里斯覺得看到一名年輕男子望著他，那是個做夢者。當他轉身回看，卻不見人蹤，但奧西里斯仍感覺到夢者的眼睛盯著他的頸背。伊西斯表示時間到了，奧西里斯鬆了口氣。兩人起身踏上通往山頂的最後幾步路。

他們一穿過森林邊陲，來到巴別山巔岩石遍布的山脊，心便靜下來了。這跟剛才折磨他們數小時的心思喧亂，反差好大。伊西斯又哭又笑地放鬆下來，整個人跌在他身上。這裡的地形並不自然，石頭看起來幾乎像是打磨過的，巨大的孤石伸入天空，彷若站立在巨人頭頂的皇冠上。

上方的黑天如太空般幽暗稀薄，不見任何星星閃爍，就像站在……一片空無裡。他似乎不再具有形貌或實體，重力不再能固定住他的腳，奧西里斯昏頭轉向，氣喘噓噓地擺晃著，無法呼吸。

接著他意識到在他懷中發顫的女子，他望著她，再次覺得鎮定而完足。他搖著她，「伊西斯……伊西斯……看著我。」她對奧西里斯抬起淚痕交錯的臉，奧西里斯以拇指拭去她的淚，「我們到了，心愛的，專心看著我就好了。」

伊西斯微微顫顫地吸了幾口氣，點點頭說：「我知道這裡會很不一樣，但我從沒料到是這樣……」她話音垂落，想到妹妹和她辛苦的一生。奧西里斯握緊她的手，伊西斯抬頭看著他熱切的臉。「你準備好了嗎？」她問。

「準備好了。」

信賴與眼前的愛，漲滿了她的心。「閉上你的眼睛。」伊西斯說，奧西里斯閉上眼，伊西斯施了一道為下一步做清理與準備的小咒語。暖意從她髮根流下她的身體，直達她的指尖與腳趾。施咒完畢，伊西斯要奧西里斯張開眼睛。

奧西里斯張眼看到兩人均煥然一新，彷若沐浴在金色的水瀑裡。伊西斯穿著星光和月光織成的薄絲長衣，美到令人屏息。她的翅膀收攏在背後，濃密的秀髮浪垂至腰際。「妳看起來好美。」他激動地說。

「你也是。」

奧西里斯尚未留意自己的服飾，他垂眼一看，見到身上的束腰長衣和閃亮的白馬褲。他們倆都光著腳，奧西里斯吃驚地發現，他們腳下所站的巨大毒蛇石鼓動著能量，腳底都能感覺得到。「接下來呢？」他問。

「我們動作得快。」伊西斯表示，「日夜交接的時間非常短促，把我的心攥在你手裡，我也會拿著你的。」奧西里斯打破裝著伊西斯心甲蟲的瓶子，撥開碎掉的瓶子，直至看到紫水晶心甲蟲。等他們倆都準備妥當後，伊西斯說：「這是一種脫胎的過程，我們各自最美好的部分將會浮顯，交織在一起，變成某個全新的東西，一種無法被拆散的東西。」

她凝視奧西里斯的眼眸，彷若再度詢問，這是否真是他要的。奧西里斯肯定地點點頭，對她露出鼓勵的笑容，然後伊西斯便開始念咒了。那是道複雜的咒語，訴說各種祕密的願望、連結及心的分享。接著她呼喚來自朔望的能量。奧西里斯從未聽說有人把這種東西用在咒語裡。

朔望是一種頗常見的太空現象，當三個屬於同一個重力系統中的天體，例如地球、月亮和太陽，排列成行，即為朔望。但伊西斯指的是真正的朔望，這情形從未發生過，至少在他有生之年，尚不曾發生。真正的朔望依舊包括三個天體，但排列卻是一種永恆的本質。一旦排列坐實了，三個天體便會鎖在一起，永遠不再移動。假若伊西斯能召喚真正的朔望力量，那麼她的咒語便能對抗塞特的能力。現在奧西里斯明白他之前在幻象中看到的伊西斯了，她全身充滿了光。

伊西斯在為咒語收尾時，露出微笑，奧西里斯覺得她從不曾如此美麗燦然。「完成了嗎？」他問。

「快了，只剩下一小段，然後我們便會永遠連結在一起，連星群都無法將我們分開。」

「我該做什麼？」奧西里斯輕聲問。

「你必須把我的心放到你自己的心中，然後我會把我祕密的真名告訴你。」

「妳也會這麼做嗎？」他問。

伊西斯點點頭，眼睛明澈無比。她要求奧西里斯施行的，是一種最原始的魔法。知道一個人的真名，便能對他們擁有絕對的力量。那需要對另一方有堅定不移的信任，這跟天界或人間的任何許諾都不同。任何的不光彩、背叛，即使只是一時軟弱或自私，都會造成雙方極大的痛苦。在他們完成連結後，兩人便能看透彼此的心，全然了解對方的優缺點。

奧西里斯毫不猶豫地將伊西斯的心捧到手上，放到自己胸口。寶石射出紫水晶的光芒，沉入他體中消失了，心甲蟲輕振著翅膀，埋入奧西里斯的身體裡，在他自己心臟旁邊坐定。伊西斯拿著金色心甲蟲，重複這個過程。當心甲蟲遁入新的地點時，伊西斯聞到森林及遠處田地穀物的濃香。

伊西斯伸出雙手，奧西里斯接住將她拉近。黑色的天空開始變亮時，他們對彼此低念自己祕密的真名，接著世界順著它的軸心傾斜了。

他們融為一體。

不可分割。

永遠彼此相連。

他們在彼此的懷抱裡站了數分鐘、數小時、數千年。他們不知在原地定立多久，只是相互緊緊凝視。他們什麼都不在乎，因為在伊西斯翅膀的陰影裡，一切都靜止無聲。

接著奧西里斯吻住她，周圍的世界便炸開了。

6 脫胎

剎那間，天空的星辰、全觀的太陽，將光芒照射在山上，他們剛才連結後的影響立現。山頂開始震動，因為蓋伯害怕到發抖所造成的地震差點把他們所站的巨大毒蛇石震裂。

星群的竊語變成了咆哮，女神努特聚攏雲欏，遮住自己的臉，她巨大的淚珠遍灑杜瓦台。巨樹的枝枒競相擺動，藏匿到彼此的陰影中，彷彿羞於被逮到它們遮掩了這對戀人。

兩人彼此將手緊扣，從所站的位置抬望天空，伊西斯和奧西里斯看出他們改變了寫在群星之間的天界律法。空中閃亮的星體已經移動重組了，這些被陽光隱去，唯有諸神能夠看見的星體，形成了新的星群和群組，以使伊西斯編造的咒語能夠發揮。

兩人都聽到如猛禽尖叫般的召喚聲穿空而來，該是清算的時候了，因為亞曼拉知道出什麼事了。奧西里斯抓緊新婚妻子的手，「我們得走了。」

他抓著她的手指，轉身要走，卻在她抽身時停頓下來。「它們非常不安。」她意指星群。

「我們早就料到它們會這樣了。」

兩人抬眼看著星群重新排列，有些星星滅了，有些新星則燃亮，閃爍登場，它們光芒萬丈，彷彿對望向天空的人宣布伊西斯和奧西里斯所幹的好事。

伊西斯把目光調回新婚夫婿身上，看到他面露憂色，忍不住擔心起來。「你後悔了嗎？」她有些擔心奧西里斯的回覆。

奧西里斯用額頭抵住她的。「不後悔，小姑娘。我唯一後悔的是，我們現在得面對咱們的長輩，而不是慶祝我們今晚所立的誓約。」

伊西斯點點頭，他的答案令她鬆了口氣，伊西斯對他的愛意，全展露在她溫柔的笑容裡。

奧西里斯開始下山，伊西斯拉住他的手。「我們現在是一體了，來，隨我一起飛吧。」

伊西斯張開翅膀，把手放到他的心口，「感受你身體中，我的心甲蟲翅膀的力量。」說罷伊西斯奮力一躍，飛入空中。

奧西里斯閉上眼睛，尋找體中第二顆跳動的心，那顆屬於他心上人的紫水晶，然後擁抱他從中找到的力量。那金色的翅膀在他胸口飛揚，當他張眼時，雀躍地發現自己已然升空，高飛在山上，而伊西斯則在那兒等他。

她隔著寬闊的天空喊道：「只要想著我，然後你的心便會將你帶向我的心了。」

他們之間的連結好神奇，跟奧西里斯以前的感受都不同，他不僅分享伊西斯的法力，如今還能讀透她的心思。伊西斯不太敢與亞曼拉對質，但她並不以他們的結合為恥。事實上，她十分驕傲自己能屬於奧西里斯。完成如此龐大的咒語雖然挺嚇人，卻也使她開心。伊西斯滿想試試其他一些以前不敢用的咒語。

奧西里斯進一步探索伊西斯的內心，發現他們的心連心其實相當危險。伊西斯尚未與他分享一切，萬一這辦法行不通，很可能因此毀了兩人。當初他若明白此舉對伊西斯的風險，也許至少會喊停一下，思索其中的代價。奧西里斯並不在乎自己有何風險，而且他發現自己對伊西斯的默不作聲，並不生氣。他最終還是會與她連結的。

伊西斯用心念責備他，心愛的，她低聲說，你想太多了，盡量享受這趟飛行即可。

心意相通的新本領，令奧西里斯驚訝不已，他對伊西斯傳達各種心思：他溫柔地斥責她不該隱瞞咒語的危險性，感受她種種情緒，說他渴望緊擁她，帶她到從未與任何人分享過的隱匿花園。最後，奧西里斯感謝伊西斯能如此耐心地等候他去找她。

他挨近伊西斯，然後抬眼一望，伊西斯正好也垂眼俯望他，她的笑容滿載著唯獨兩人能分享的允諾與祕密。我其實沒那麼有耐心，她說。奧西里斯知道他的念想令她開心，那樣很好，有助她暫且拋下赫里波利斯的風雨。

可惜，他們才抵達不到一分鐘，衝入會議室的塞特便把風雨搬來了。他們進去時，亞曼拉的嘴巴抿成一條薄線，瞪著他們，甚至連話都還沒說。奈芙絲站到他身邊，發現邊桌上有兩套沒人理會的茶具。她抬起一邊眉毛，不知道她妹妹為何會與亞曼拉喝茶。

亞曼拉出口的第一句話是對塞特說的：「沒人教你來。」說得極為簡短。

「你打算大事化小，原諒他們幹的好事嗎？」塞特馬上回嘴，「我們都看到星星的狀況了，它們改變位置，出現新的形態，這真是想都不敢想、忍無可忍、人神共憤的事，違反了你設下的每條規範。」他大吼說：「你一定得處罰他們！」

「我會檢視他們行為。」亞曼拉靜靜表示，「不管他們是否受到處分，都不干你的事。」

「這關係到我們所有人！」塞特吼回去。

一道細柔的聲音在房中響起。「也許塞特需要看到你的處置。」奈芙絲說，伊西斯轉身望著妹妹。奈芙絲知道一些事，一些她沒說出來的事。

亞曼拉也把眼光轉向奈芙絲，靜靜打量她。一會兒後，亞曼拉點點頭。「好吧，你可以留下來。」他告訴塞特，然後在王座上挪動身子，把全副心力調回兩位十指交扣，站在他面前的天神。亞曼拉皺著眉頭問：「誰想先說？」

伊西斯正要開口，奧西里斯卻率先往前踏出一步。「我愛伊西斯。」他直言不諱地說，聽到這句話，伊西斯覺得心好暖，渾身充滿愛意。「我們啟動一道咒語，讓我們倆能在一起。」

亞曼拉往前靠說：「那是一道很強大的咒語。」他歪抬著頭，「咒語是哪兒來的？」

「我編的。」伊西斯主動表示。

「可以化解掉嗎？」

伊西斯心中一涼，張嘴卻說不出話。解除她與奧西里斯的連結，此時對她來說，就像砍掉自己臂膀一樣痛苦。

奈芙絲答道：「解除不了，星星的模式已被改寫，規定也變了。」

伊西斯嚥著口水，感激地看了妹妹一眼，可是接著奈芙絲又說：「做過的事就不能……滅絕掉。」

伊西斯驚抽口氣，偷瞄塞特一眼，看到他幸災樂禍地笑著，明目張膽地打量她時，伊西斯忍不住咬牙。隨便他吧，她心想。

「我明白了。」亞曼拉坐回王座，揉著下巴思索手邊的選項。

眾人沉默良久，所有眼睛都轉向亞曼拉。他終於嘆道：「你們能保證不生小孩嗎？」他問。

「你……你的意思是，要讓我們維持天神的身分嗎？」奧西里斯不可置信地問。

「要不然你以為我要打算做什麼？」亞曼拉問。

「把我們降為凡人。」奧西里斯答道。

亞曼拉乾笑一聲，「就算我想，我也不確定能辦到，何況我們仍需要你們的各種技能。」他揮揮手，意指他們倆，「你們還沒回答我的問題，你們打算生小孩嗎？」

奧西里斯正想答覆，卻被伊西斯按住臂膀，奧西里斯登時住嘴。「我們答應，不會在你不知情的狀況下，讓新生命降臨這個世界。」

亞曼拉思忖伊西斯的話，最後點點頭。「看來我們得籌辦一場婚宴了。」

這項宣布令伊西斯和奧西里斯狂喜不已，但被塞特的飆罵破壞了。「什麼？」他大叫，「現在這變成規定了嗎？諸神可以相互嫁娶，只要他們答應不生小孩？」

亞曼拉嘟囔著說：「法律已經改寫了，他們所做的事，適用於我們所有人。」

奈芙絲踏向前，輕聲問：「你難道不能試著從中找到可喜可賀的地方嗎，塞特？」

塞特頓一下，看到奈芙絲哀求的表情，他的怒氣漸漸消散。他似乎有了決定，因為他把手揹到背後，對奈芙絲點了一下頭，並朝那對新人嘲諷地啐了一聲「恭喜」，然後便離開了。

「好了。」亞曼拉說：「不愉快都過去了，我會對市民宣布今晚舉行婚宴。奈芙絲？」

「是的？」

「妳能打點細項嗎？」

「當然。」她文靜地點點頭。

「可是等一下。」亞曼拉起身要走時，伊西斯表示，「我必須跟您談談塞特的事。」

奈芙絲用力拉住伊西斯的胳臂，「現在不是拿小事去煩亞曼拉的時候，這可是妳的婚禮啊！」

「可是他應該知道……」

「相信我，不管妳想跟他說什麼，亞曼拉都已經知道了。何況，事情可以等明天再說，對吧？」

伊西斯咬著唇，「可以嗎，妹妹？」

奈芙絲知道伊西斯是在要求她運用預視能力，奈芙絲極力展現自信地答道：「我確定可以，星群重新燃動了，它們新的燃燒方式雖與以往不同，但仍會對我私語。它們傳達的訊息是，一切都會沒事。」

奈芙絲知道姊姊也許永遠不會原諒她隱瞞接下來要發生的事，但那是註定之事，一切就看它了。奈芙絲雖不清楚所有細節，但她知道，姊姊今晚會承受巨大的悲創。

她會盡力為姊姊把一切打點妥善，奈芙絲不希望姊姊錯失片刻的幸福。因是之故，奈芙絲請伊西斯和奧西里斯先去休息，由自己張羅，她不僅要準備婚宴，還得準備其他將臨之事。

僕役們來了，包括芭妮堤，她被帶到赫里波利斯，是為了分散伊西斯的注意力。奧西里斯堅持讓美麗的新娘休息一天，從施咒中復原，疲累的伊西斯沒有表示抗議。芭妮堤悄悄將她帶開，幫她泡埃及香油熱澡。伊西斯十分安心，她隨時知道自己的新婚夫婿在做什麼、人在何處。即使睡著了，她的思緒仍與奧西里斯的交纏一起，二人肉體雖然分離，心情卻十分安然。

這段期間，塞特來到人間，站在一大片老森林邊陲——那是整個地球上最深廣的林子。奧西里斯深以這片林子為傲，他經常將植物樣品和各種飛禽走獸帶到這裡，擴增這片動物園的內容。塞特擺動手指，滿腔怒火地來回踱步。

這事我怎會毫不知情？他暴怒不已，思緒如冰雹般痛擊地球，報復的念頭接踵而至。空氣瀰漫著生物的氣息——樹脂、雲杉和松樹——地面飄著細細白霧，令森林平添一股神祕的氛圍。鳥隻和小型動物從枝頭躍到覆著青苔的枝子上，四周淨是牠們快樂的鳴唱。

塞特痛恨這片森林裡的一切，這些高大粗幹的樹木在嘲笑他，它們高傲而不可動搖，就像奧西里斯一樣。當他盯著樹林的陰影時，感覺心中升起一股邪惡狡詐的念頭。那念想緊纏他的心，張開嘴顎，想將他整個吞噬。他的每個心跳都令自己驚惶，彷彿站在一道布滿門的走廊上，每道試圖打開的門，都重重關上，阻去他的出路。塞特握緊拳頭，陰毒的邪念滲入他的血管，挑戰他能否抗拒。

可是，塞特並未抵抗這股占據他心思的邪靈，他定靜不動，任它在心裡扎根。那邪念圈繞拓展，塞特像個四肢僵硬的空心稻草人，靜立不動，任陽光擦去任何同情或慈悲的痕跡。

等那股邪念終於像沉睡的巨龍，在他心中安頓下來，塞特才開始移動。他的心此刻是顆冰冷漆黑的磨石——冷血、無情、無感。假若他無法獲得尊榮，那就教人們畏懼他吧。他體中燃著堅毅的決心，像融蠟般化去任何殘留的疑慮。

塞特雙手一抬，射出強大的力量，前所未有地，進一步將力量延伸出去。在滅絕的過程中，塞特並不感覺驕傲，也不畏懼後果，只是想自我證實。粗壯的樹根從地面暴起，變成一片密密麻麻，推擠斷裂的木料，最後樹木紛紛倒下。消失，縮進原本立基的巨大坑洞裡。

原本生著巨樹的森林，轉瞬間只剩下滿目瘡痍。殘餘的植被，萎頹在空盪的洞口上，被拔起一半，像沒有牙齒撐住的老人嘴唇般，抖抖顫顫。

塞特走向前繼續搗毀。蕨類植物自行捲動，直到成為四散在風裡的飛灰。一叢叢漂亮的地衣苔蘚顫動著，彷彿塞特在它們身上放了火。它們化成焦黑消失了，最後連菌類、樹汁和木頭的氣味都不見了。塞特把植物解決掉後，又把注意力轉向動物。

大型動物大聲號叫，野獸倉惶笨拙地越過已然變得陌生的地貌，尋找失去的家園，完全忽略獵食者或被獵的對象。塞特閉起眼睛，將牠們悉數滅去，有些死得很快，有些消滅得慢。那些躲在植物殘樁中的小動物，忙亂地衝入泥地的洞穴裡，成群鳥兒雜亂無章地東飛西竄，結果往往彼此相撞，迷了方向。

動物數量龐大得令塞特吃驚，但他對牠們的滅逝絲毫無感。他用滿身的能量一一將牠們滅絕，先是一小批一小批，然後是一群群，一大批，直到連最小的螞蟻都不剩。他施予凌遲時，染污大地的鮮血和大批屠體，現在都不見了。重力再也拉不住他，塞特轉動意念，整個人升入空中，掃視面前遼闊的平地，找尋剩下的有機體，結果除了一條了無生命的河流之外，什麼都沒了。

湍急的溪流奔過岩石，像躺在愛人臂彎裡的女人頭髮般散開。想到這裡，塞特一陣感傷，他煩亂地走到瀑布的深池，坐到一顆石上，望著自己的倒影。他應該以自己的長相為傲，獲得法力後，他的皮膚增添了古銅色的健康光澤，頭髮變得濃密，體骼也健壯起來了。但那張回視他的英俊面容似乎在嘲弄他，他的外貌改變了並不重要，因為他依舊痛恨自己所看到的。

塞特重重嘆口氣，把伊西斯的事拋到一旁，專心構思如何達成自己的目標，以及如何處理伊西斯拋棄他的事。他定下心，直至思緒靜如水面。接著，他在流水聲的伴隨下，籌劃出下一步盤算。

等對自己的詭計有了底後，塞特站起身，結果開心地發現，他也能把河流滅去。母親立即因此開始哀哭，雲朵在上空匯集，塞特抬起頭，發現那河流原本是母親的一部分，他剛才幹的事，無異斬去了她的一部分。

原來他真的可以傷害天神，即使是像他母親這般強大的神，這令塞特格外開心。母親飽實的雨珠令他心煩，塞特揮揮手，幸好母親已完全從他身邊撤離了。兒子如此傷害母親，塞特的父親震搖大地，以示回應，但是塞特不予理會。

塞特繞著圈，研究自己幹下的事時，朝陽才爬到地平線上一手寬的高度。奧西里斯的廣袤森林，現已變成一望無際的荒蕪沙漠，放眼看不到一滴水，連他母親現在都不敢貿然降雨了。塞特飛入天空，朝赫里波利斯折回去。在參加晚宴之前，他有很多事情要處理；首先，他得打扮出最迷人的樣子，以便轉移派對籌辦人的注意力。

結果事情比他預設的還要容易，塞特在明月照拂下，走進亞曼拉的宅第，手挽著美麗柔順的奈芙絲，他認為這樣非常恰當。塞特與奈芙絲來到晚宴，他很慶幸所有目光都轉向他，就連那位被他最憎恨的男神搶去的女神，也看著他。

「塞特。」亞曼拉淡淡一笑，但目光漠然。「很高興你能加入我們。」

「晚宴沒等我們就開始了。」塞特說。

伊西斯站起來，「我們不確定你會出席。」女神的語氣有些戒心，但也有些困惑，尤其當她發現妹妹的手挎在塞特臂上。「晚宴已經結束了。」她說：「很抱歉你錯過了。」她又說，故意看著安排一切的妹妹。

「我……我太忙了。」奈芙絲解釋道，什麼都沒告訴他們。

亞曼拉皺著眉，走向前對奈芙絲伸出手。「我們還是很開心看到你們來。」這話較像是對奈芙絲說的，不是塞特。「妳願意陪我開舞嗎，奈芙絲？」

「好主意。」塞特不屑地說：「既然我們錯過晚宴，至少我的新娘子和我能跳個舞，以慶祝兩位天神的婚禮。對吧，心愛的？」

奈芙絲咬著唇，亞曼拉抬起手，樂聲戛然而止。「你剛才說什麼？」亞曼拉問。「我是不是聽錯了。」

塞特靠向前，「你沒聽錯，奈芙絲和我最近剛結婚。」

「妳什麼？」伊西斯走上來抓住妹妹的臂膀，將她拉開。「他說的是事實嗎？」她問。

「是的。」奈芙絲說：「我們一小時前才成婚的。」

伊西斯震驚地張大嘴，往後退，然後鬆開手，彷彿被附在妹妹身上的鬼怪沾染到。

亞曼拉取而代之，毫不遲疑地去碰奈芙絲。他輕柔地搭在奈芙絲的肩膀，「妳受到脅迫了嗎？」他輕聲問。

奈芙絲眼睛突然一紅，抬頭望著亞曼拉的臉。「沒有。」她答道。「他跟我求婚，我同意了。」她踏向前低聲答道，只有亞曼拉能聽得見。「我的光將帶給他平衡。」

亞曼拉仔細打量她，「妳愛他嗎？」他問，每個人都屏息等待她的答案。

奈芙絲尚未及答覆，塞特已插到他們中間。「她當然愛了，如果你想破壞我們的結合，得先解除他們倆幹下的好事。」他指著伊西斯和奧西里斯說。「不過容我提醒你，就在今早，你說過只要沒有……」他煩亂地揮揮手，「只要他們不生小孩，這樣的結合是可以接受的。」

亞曼拉退開一步，「是的……」他緩緩同意道：「我的確說過。」

「那我們倆也沒有理由不能成婚吧？」

亞曼拉雙手交疊於胸，答道：「如果奈芙絲出於自己的意願與選擇，接受這份……安排，那麼我不會反對。」

「很好。」塞特得意地一笑，「我覺得派對應該繼續進行，我們來跳舞好嗎，老婆？」

奈芙絲似有若無地看了亞曼拉一眼，然後點點頭，跟隨新婚夫婿來到舞池。錯愕不已的樂師們匆匆重拾被打斷的曲子，奈芙絲雖用心良苦地籌辦這場宴會，但此時再也沒有半個與會者，還有歡慶的心情了。奧西里斯將伊西斯拉到一旁，在她耳邊低語，塞特則帶著奈芙絲隨樂聲轉動，音樂此時聽在伊西斯耳裡，顯得刺耳不悅，雖然他們是奧西里斯找來最具才華的樂團。亞曼拉很快找了藉口離開，眼中淨是惱色。

派對持續進行，但塞特似乎是唯一開心的人，他欣然接受在場人士虛應的恭賀。

當少數幾位赫里波利斯市民表示道歉，說他們僅為伊西斯和奧西里斯備禮，未幫他和他的新娘準備禮物時，塞特哈哈笑著要他們別擔心，彷彿這種事毫不重要。奈芙絲表示同意地點著頭，然後陪姊姊伊西斯拆她的禮物，試圖彌補自己在姊姊大婚之日，出其不備的錯。

奈芙絲站在姊姊身邊，讀著道賀者的信，並且像沒發生任何事般對禮物發出驚呼。塞特消失了一段時間，伊西斯努力微笑，但眼神不斷瞟著妹妹。她究竟在想什麼？她怎能嫁給塞特！伊西斯不斷等待機會，想把妹妹拉到一旁，告訴她自己對新妹婿的了解，可是她還沒逮到機會，塞特又已回到大廳了。這次他帶了十二名僕人，他們抬著一個鑲著金子的美麗箱子。

「這是什麼？」奈芙絲問走過來的丈夫。

「是我送給這對幸福新人的禮物，聊表他們倆對我的意義。」

「你真是……太客氣了。」奈芙絲擠笑道。

伊西斯並未漏看妹妹眉心出現的皺紋。她不知道出了什麼事，但這世上若有誰能跟她的新婚丈夫一樣，得到她的信任，就非她妹妹莫屬了。至少她認為自己仍然能信任她。「奈芙絲？」伊西斯問，她並不需說出心中的疑問。

奈芙絲微微點頭，於是伊西斯鬆了口氣，拉住夫婿的手臂。「謝謝你想到我們。」她僵硬地對塞特說。

「不客氣。」他狡猾邪惡地答道：「我想送你們一份能表示我心意的禮。」

沉重的箱子擺放到奧西里斯面前，塞特揮揮手，表示奧西里斯應該把箱子打開。眾人咿咿呀呀地掀開箱蓋，塞特看到他們的反應時，完全克制不了臉上的喜色。

奧西里斯皺起眉頭，「這是什麼？」他彎身檢視箱裡的東西。

塞特興奮地咯咯笑出聲，「你們認不出來嗎？」

「是沙子嗎？」伊西斯說。

「才不是。」塞特答道：「是這樣的，我把你在全宇宙最心愛的地點送來給你啦，而且我把它整齊地弄成一小包。」他故意壓低聲喃喃說：「就把它當做是，你原本要蜜月之地的紀念品吧。」塞特嘆口氣，搖頭道：「看來二位需要我敞開來說了，這個呀……」他用手掃著沙粒說：「就是你心愛的那片森林。」

奧西里斯不可置信地問：「什麼？怎麼可能？」

「伊西斯知道，對吧，伊西斯？」

她臉色雪白，重重嚥著口水，然後說：「你滅掉了整片森林？」

「不僅是整片森林，而是那一片森林。那片他傾注所有時間培育的森林。」他舉起拇指朝奧西里斯指著，並說：「二位顯然應該在婚前多溝通溝通，我很震驚妳竟然不知道他最寶貝的地方。」

「你把森林滅掉了？」奧西里斯再次追問，心中清楚而驚懼。

他對森林的愛，堪比伊西斯對芭妮堤的愛；伊西斯感受到痛苦彌漫他全身。她轉向丈夫想安慰他時，聽到塞特說：「我滅掉還不只那個。」

奧西里斯雙膝軟跪，緩緩把手指探到箱中，撈起一把沙子，讓沙粒從指縫間流下來。他過了好幾秒後，才明白自己的指尖也在消融。他抬眼看著塞特問：「你究竟做了什麼？」他問。

塞特蹲下來，眼神炯亮銳利，散放著在體中流竄，從萬物竊來的能量。「你這愚蠢頑固的天神，你若早知道我的法力將勝過你們所有人，也許你就會待我好些了，你終於得到報應了。」

他欺近到唯獨奧西里斯能聽到他的話。塞特悄聲說：「伊西斯是我的，我會帶她到森林以前所在的沙漠，她將在那裡發誓，只專屬於我。對她而言，你就像這些扔棄在她腳下的沙粒。」

「不！」伊西斯哭道：「奈芙絲，快幫我！」

「我實在無能為力！」奈芙絲淚如雨下地說。

奧西里斯的手臂開始消失，接著他的胸口崩塌，更多粒子從他身體揚起，落入金色的箱子裡。奧西里斯火速轉向妻子，「伊西斯，」他懇求，「請記住，我愛妳。」

「奧西里斯！」伊西斯跪下來，將丈夫抱在懷裡，彷彿憑靠她的意念，便能讓他不會消散。奧西里斯吻住她的唇，這是最後的吻別，可是當奧西里斯在她眼前消逝時，她僅能感覺到刺痛的沙子。他的身影飄入箱中，掉落下來。

伊西斯大聲驚呼，抱住金箱子開始念咒，然而無論她如何努力編織咒語，她的法力似乎使喚不動。她需要時間，伊西斯抓起一把沙，搖搖晃晃地站起來，奈芙絲扶著她的手臂支撐她。「你這個怪物。」伊西斯痛罵那個得意洋洋，站在她面前的男子。

塞特冷酷地笑道：「這怪物還不是妳造成的，我親愛的。我要求妳選擇我時，妳應該答應的。現在除非妳乖乖聽我的話，否則什麼都得不到。」

伊西斯編織咒語破壞塞特的功力，她使出所有力量，但塞特放聲高笑，然後扯開他的襯衫，讓她看著掛在他脖子上的閃亮紅石。

「我雖然很欣賞妳的咒語，但我若戴上這顆神仙血石，咒語便奈何不了我。」

「你是從哪裡弄來的？」宇宙間僅有一個人知道什麼能約束伊西斯的法力，伊西斯希望是她想錯了。

「怎麼？當然是從妳可愛的妹妹那兒弄來的。」他說。伊西斯閉上眼睛，希望自己沒聽到他的話。塞特接著說：「她知道妳想為失去奧西里斯的事報仇，妳老妹保護她的新婚丈夫，一點都沒錯。」

伊西斯掙脫奈芙絲的手，眼睛被背叛與失親刺痛。*這怎麼可能？在一天之內失去我心愛的人和妹妹？*

奈芙絲想說話，但伊西斯抬起手，「別，妳一個字都別說。」

塞特彈著舌頭，「可憐的伊西斯，妳的新老公雖貴為天神，還是難逃一死，這也太難過，太……不可思議了。而我卻在這裡，剛剛被妳老公剩下的生命能量滋補到，算妳運氣好，我還是很想把妳納為妻子。當然了，現在妳只能當二老婆了，不過我答應給妳同等的關注。」

「你有病，」伊西斯斷聲罵道。「我永遠不會接受你！」

塞特的笑容一斂，威脅地往前踏出一步，渾身邪氣張揚。「妳若想再次反抗我，那就太蠢了。」塞特抓住伊西斯的手腕，硬生生把她扯向自己，然後在她耳邊低聲說：「想想妳還會失去別的什麼。」他狡獪地威脅說。

淚水潸然而落，伊西斯看著妹妹，然後看看站在房間邊緣的芭妮堤，她驚恐地瞪大眼睛，用手摀住嘴。伊西斯確實考慮過還會失去什麼，但那一刻，沒有什麼比從緊握的指間流失的沙子更重要了。她眼神一凜，下定決心，深深吸口氣，然後低聲念咒。她的咒語也許對塞特無效，但對她自己依然有用。

一束月亮悄悄自窗口射入，那光束彎繞著，直至落到伊西斯身上。伊西斯伸手抓住月光，利用月光的力量改變她的形貌，最後身體宛若鬼魅，從塞特手下溜開了。塞特一驚，試圖再去抓她，但他的手只能穿過伊西斯，她似乎不再具有肉身了。

伊西斯抓起化成沙子的丈夫，躍到月光上，乘著光迅速遠離赫里波利斯。月光雖將她載往星群中，但沉重的悲慟卻提醒伊西斯，此時自己與心愛丈夫間的距離，恐怕連星星們也幫不了了。

7 重生

伊西斯不知在那裡孤伶伶地漂流多久，她悲悼剛贏獲的愛人，任眼淚肆意奔流，巨大的悲愴惹得群星與之同泣。淚珠落在凡間，使已經上漲的尼羅河水，前所未有地氾濫成災，人間一片澤國，居民都知道出大事了，否則奧西里斯定會如往常出面保護他們。

伊西斯聽到揮翅聲，感覺空氣吹拂她的肌膚。是奈芙絲。伊西斯的悲傷轉成憤怒。「別理我！」她喝道。「滾回妳丈夫身邊，你們倆是天生一對。」

「我不會拋棄妳的。」奈芙絲冷冷答道。

伊西斯不可置信，瞠目結舌地看著她。「拋棄我？妳已經拋棄我了，為了一個無惡不作的傢伙而背叛我！妳怎能支持那種事？告訴我，妳並沒有預見此事，告訴我，我錯了，告訴我，妳完全無法阻止這件事。」

直到那一刻，伊西斯才真正了解，奈芙絲把她騙得多慘，那全都寫在她臉上，奈芙絲眼中淨是懊悔難過，更坐實了伊西斯的懷疑。她妹妹預見過此事，她看見了卻袖手旁觀，不予阻止。「我受不了看到妳。」伊西斯扭身說。

「伊西斯，別這樣。」奈芙絲拉住姊姊的肩膀。「我知道自己必須彌補我們之間的很多心結，但要處理的事太多了，我沒有足夠的時間解釋。妳只要知道所有這一切，包括妳丈夫的死，都必須發生，宇宙才能獲得平衡。」

伊西斯雖然想離開，但還是停下來問了最後一個問題，「如果奧西里斯死了，一切怎麼可能再次獲得平衡？」

「他並沒有死，姊姊。」

「什麼？」伊西斯火速回身，「妳什麼意思？」

奈芙絲吐了口氣，「他還在這裡，妳難道感覺不到他嗎？」

「感覺他？怎麼做？」

「咒語是妳編的，你們還連結在一起，即使是現在。妳若想帶他回來，我們動作就得快。」

「可是塞特……」

「先別管塞特了，妳到底想不想讓妳丈夫回來？」

伊西斯眨眨眼，奈芙絲的翅膀攪起空氣，將刺痛她眼睛的淚水吹乾。「我當然希望他回來。」她喃喃說，滿臉困惑。

「那就跟我來。」奈芙絲神祕兮兮地命令，不讓她再追問。

伊西斯尾隨妹妹飛入天空，心中浮起幾百萬個問題。是真的嗎？奧西里斯有可能還在我能觸及的範圍中嗎？奈芙絲快迅飛翔，伊西斯訝異地看到巴別山映入眼簾。伊西斯斜身朝山腳飛去，奈芙絲也跟著斜過身子靠近姊姊。她拉住伊西斯的手說：「現在星群容許我通過了，如果妳拉住我，通道會很清楚。」

兩姊妹在山尖上降落，就落在伊西斯編織咒語的地點——一個被她視為聖地的方地，不到一天前，她才與奧西里斯在這裡結合。

奈芙絲跪在巨大的毒蛇石表面，將翅膀收回背上，並指示伊西斯照做。她輕柔地打開姊姊的手，撈起沙子，堆放到兩人之間，並將沙堆塑出四面，中間聳成高尖的金字塔型。「妳有他的真名嗎？」奈芙絲問。

伊西斯點點頭。

「那麼我們就用這名字把他從混沌之水召回來。施咒吧，姊姊。」她催道。「用他殘存的沙粒為他創造一副身體，宇宙的力量會將金字塔從內部點亮。金字塔一亮，就憑妳對他的記憶，塑造他的新身體。等我們準備好，再用他的真名引導他到金字塔，然後你們共享的心便能團圓了。」

伊西斯開始編織咒語，她從沒編過這類咒語，試了好幾遍，最後宇宙終於起了回應。隨著伊西斯念誦，沙中泛出光芒，她的咒語化成一首歌，充滿她對奧西里斯的愛。音樂對奧西里斯來說如此重要，將咒語歌唱出來，感覺好美。

奈芙絲隨姊姊唱和，伊西斯驚喜地聽到了奧西里斯的心跳，那心跳如此微弱，幾乎連她都聽不到，但心跳賜給她希望。兩名女子歌唱了數個鐘頭，沙子呼應地移動、拉長、鼓動、形塑成一名男子的模糊輪廓，接著她的歌曲雕塑出奧西里斯的胸肌、壯碩的手臂，以及最後他那張稜角分明，英俊的臉龐。

等沙粒落定，光芒漸逝，伊西斯發現她丈夫的形體連最後一絲細節都無懈可擊了，但他並沒有呼吸。沙子並未變成血肉與骨頭，反而硬化成磨亮的石頭，伊西斯感受不到他的心，還不如一開始那樣。

伊西斯崩潰地喘著氣：「我到底哪裡做錯了？」她哀求說。

「沒有做錯，我們只是在下一階段，需要一些幫助罷了。」

看到潰敗的伊西斯如此無精打采，奈芙絲摁了摁姊姊的手，然後鬆開站起來。「先休息一下，我去找阿努比斯，他會以神火烘培這副石人，然後形體上便會長出肉了。」

伊西斯急忙伸手拉住妹妹的手，奈芙絲知道姊姊拉她的理由。「我保證只帶阿努比斯來。」

伊西斯點點頭，留在被磨亮的複製丈夫身邊。奧西里斯的手疊放在胸口，眼睛閉著，伊西斯曲著身探到他身上，拂去一些殘留在他臉頰上的沙粒，用指尖描著他冷硬的下巴。她渴望奧西里斯醒來，將她抱住懷中，安慰她，說他再也不會離開她了。

伊西斯。

她嚇一跳，發現自己剛才必是趴在他身上睡著了。他是否試著與她連繫？

伊西斯把手放到他銅色的臉上，說道：「你能聽得見我嗎，夫君？」她眼睛發亮地問，充滿期待。「奧西里斯？」她喊道，但沒有回答。

一滴淚珠落在他胸膛，伊西斯擦著眼睛，待她垂眼看著淚珠滴落的地方時，伊西斯發出驚喘。奧西里斯胸口被淚沾溼的地方和一對裸肩已有了暖度，顏色也變成奧西里斯原本的金銅色。可是令伊西斯失望的是，她用拇指輕撫的柔軟區塊又緩緩變回亮滑的石頭了。她雖一試再試，卻無法複製剛才的奇蹟。

奈芙絲回來了，阿努比斯緊隨在後，伊西斯興奮地講述她的發現。

「妳的眼淚有神力，姊姊，妳跟奧西里斯的連結，讓淚水源自於混沌之水。」奈芙絲站到一旁，示意阿努比斯取代她的位置。「可惜，就連妳也無法聚集足夠的淚水，給他一副肉身。」奈芙絲搭住阿努比斯的肩，告訴他說：「你知道該怎麼做。」

「我從沒做過這種事。」阿努比斯表示，「根本沒有前例可循。」

「沒有做過並不表示這種事不可能。」她答道：「讓星星指引你吧。」阿努比斯雖狐疑地看著她，但奈芙絲依然不為所動。

阿努比斯蹲下來，一手搭住伊西斯的臂膀，「我會盡力的，女神。」

「謝謝你。」伊西斯喃喃說著並往後退開，把空間讓給他。

阿努比斯開始念咒，話中震盪著能量，他痛斥乾旱與黑暗、暴風雨和混亂——所有與奧西里斯對立的事物。阿努比斯念咒時，伊西斯十分不安，她雙手交握，掐著嘴唇，按節奏地拍動翅膀，彷彿想撫平心中的焦躁。當奧西里斯的形體起火時，她往後站開。數千顆太陽的熱氣烘燒著奧西里斯，伊西斯透過火焰，看到磨亮的石頭融成了柔軟的血肉。

「奏效了。」阿努比斯開心地說。當他垂下雙手，火焰跟著減退，然後熄滅，但血肉也跟之前伊西斯的淚水乾掉時一樣，開始變回石頭了。阿努比斯再次抬臂喚回火焰。火焰消失時，他的臂膀禁不住地發顫。他說：「你們得快點，塞特的法力持續在毀滅他。」

「唯有等奧西里斯恢復生命之息，能再度控制自己的身體後，你才能放開不滅之火。」奈芙絲解釋說，接著又催道：「呼喚他呀，姊姊。現在他有了血肉，道路已經很清楚了。快命令他回來，把他的元神接到這個新軀體裡。」

「奧西里斯，我的愛。」伊西斯大喊：「我的心在呼喚你，回到我身邊吧，我召喚你穿越宇宙找到我！」

伊西斯跪下來，顧不得奧西里斯身上的熱氣，直接將手掌貼到他胸口。伊西斯閉起眼睛探著身，享受他的柔髮拂在她臉上的感覺，並在他耳邊輕喚他的真名。伊西斯立即感覺到自己心中一跳，收在她體內的心甲蟲起了回應。

「他來了！」奈芙絲大喊。

伊西斯抬眼看到一個小光點朝他們射來，光點靠近時放緩速度猶疑著，最後終於鑽入奧西里斯的心口，他的身體放光，宛若聖光自內燃動，但這跟阿努比斯的火焰不同，並無熱氣。天神皮肉下的骨架與肌肉輪廓被照得一清二楚，細小的植物在他身軀四周冒出芽兒，農神的復活跡象十分顯見。

可是就在伊西斯心中充滿希望之火時，奧西里斯體內的光又黯淡下來，從他的四肢消退，一開始是指尖，接著是手臂。那些幼苗縮顫著轉成了枯黃，然後在她眼前死去。

「快！」奈芙絲大喊：「別讓他的元神逃走！」

奈芙絲跪到奧西里斯頭側，並叫伊西斯跪到他腳旁。兩人一齊揚起翅膀，阻止奧西里斯體中升起的光球逃逸，光球在她們輕柔的羽毛上彈跳，試圖返回渾沌之水，「唱歌教他再次回身體裡，伊西斯！」

女神揚聲歌唱，小小的光球向她飄近，在她身邊流連，然後再次進入奧西里斯體內。

「繼續唱，用妳的翅膀攪動空氣，那會帶來生命。」奈芙絲指示說，接著她轉向站在身邊的天神。

「阿努比斯，我需要你幫忙。我們必須把他的生命元神束縛在他的新身體裡。」

「我需要做什麼？」

「我沒辦法離開我的崗位，你得用鐮刀割下我們的頭髮。」

「妳要我把頭髮割掉？」他困惑地皺起眉頭。

「是的，然後你得用頭髮纏繞他，他身體每個部位都得繞到，你得把頭髮全割了。」

阿努比斯僅遲疑了一會兒，便舉起鐮刀，割下伊西斯的頭髮，然後移到奈芙絲背後，也將她的頭髮割下。阿努比斯集滿兩手的長髮，用柔軟的髮束包纏奧西里斯的身體，邊纏邊將頭髮打結。等奧西里斯新軀體的每部分都綁妥後，奈芙絲指示：「現在再低聲念他的真名，姊姊。」

伊西斯依言照做，光芒四卜散開，再次充滿新塑的身體，但這回光度漸次增亮，直到最光線從髮絲間射穿而出，將頭髮融掉。當光線淡去時，奈芙絲說：「完成了。走吧，阿努比斯，讓他們倆獨處。」

「可是他還是沒呼吸！」伊西斯大聲說，阿努比斯攙扶奈芙絲站起來。

「剩下的就看妳了。」奈芙絲溫柔地說：「等妳吻住他，生命之息便會進入他的新身體裡。」

奈芙絲蹣跚地走向前，重重倚在阿努比斯身上。

伊西斯深深嘆氣，望著妹妹的背影，決定爾後再跟她算背叛的這筆帳。他們離去時，伊西斯的身體因疲累而發顫，覺得從未如此力竭。一天之內編造兩個威力如此強大的咒語，實力稍弱的人一定會丟了性命，但伊西斯絕不放棄。現在就只差一記吻了，她一定能聚集足夠的力氣，完成這件小事。

伊西斯跪到夫君身邊，撫著他柔軟的頭髮，她顫著手捧起他的臉，抬起奧西里斯的頭，輕輕將唇印到他的唇上。她嘗到自己鹹鹹的淚水，感覺剛才烘烤他的火焰餘溫猶存。接著吹起一股輕風，她身下的胸膛有了起伏。

有隻手攬住她的腰，將她拉近，他的唇吻住她的，先是輕柔淺嘗，然後變得狂烈飢渴。奧西里斯坐起身，伊西斯隨他移動。奧西里斯抓住她的肩膀，慢慢退開，以便能看清她。奧西里斯用拇指拭去她的淚，把手探到她剪短的髮裡，表情若有所思，看到短短的頭髮從他指間掉落，奧西里斯露出悲傷。

伊西斯禁不住地撫摸他，撫著他的脖子和健碩的肩膀，撥開他眼上的頭髮。奧西里斯對伊西斯亦然，後來他終於拉起她的手指，放到唇邊很快地吻了一下。

「我在這兒呢，小姑娘。」他說：「我不會再離開妳了。」

「我們怎會知道？」她哭著問：「我們要如何阻止塞特的下一步？」

「亞曼拉會阻止他的，現在我們該走了，我們若想約束塞特，就需要亞曼拉幫忙。」

伊西斯點點頭，奧西里斯扶她站起來。奧西里斯來回走動甩晃四肢，首度測試自己的新身體。等他準備出發時，伊西斯說：「等一下。」

「怎麼了？」他問。

伊西斯用手在他胸口一揮，一條掛著紅寶石的金鍊子便出現了。

「這是什麼？」奧西里斯邊檢視邊問。

「裡頭有我的生命之血，這鍊子會將我們連繫在一起，如果塞特滅去我們其中一人，便等於滅了我們倆。」她踏近一步，抓住他的手，說：「我再也不願跟你分開了，就算死了也要跟你在一起。」

奧西里斯嚴肅地點點頭，然後親吻她，用手指畫著她的頸子。等他抬頭時，伊西斯感覺到鍊子的搔擦，原來奧西里斯也為她造了一條項鍊。伊西斯拿起鍊子，看到有個做成埃及生命之符的護身符，但符號倒反了。伊西斯抬起頭，奧西里斯解釋道。

「這是tyet——連結並帶來生命的結。這些是妳抱著我的手臂和翅膀，」他點了點中間說：「這個是賜給我氣息的吻，我與妳緊緊相連，我心愛的伊西斯。我的生命即是妳的，無論未來會遇到什麼。」

伊西斯點點頭，閉著眼睛，不小心絆了一下。奧西里斯扶住她，輕輕吻了一下她的唇，然後說：「休息吧，小姑娘，該輪我來飛了。」

奧西里斯抱起妻子，將她攬近，召喚維繫他們的心甲蟲，他好喜歡鎖在他胸口裡，伊西斯那顆撲撲跳的心。

他飛入天際，知道自己必須面對畢生遇過最強大的天神，而且結果可能造成他們倆的死亡。

8 求全

「妳確定一定要這樣做嗎？」阿努比斯問。

「他是我丈夫。」奈芙絲簡略答道，好像這樣解釋便足矣。看到阿努比斯大皺眉頭，遲遲不肯離開她身邊時，奈芙絲搭住他的臂膀說：「一切都會沒事的，阿努比斯，我們的命運都寫在星象裡了，我的光不會在今天熄滅的。」

阿努比斯還是不肯走，奈芙絲只好自己離開。她咬咬牙，火速看了天際一眼，默默祈求母親照顧她，照顧他們所有人，然後走入房間。「塞特？」她喊道。

沒有人回答，奈芙絲小心翼翼地檢視房間，知道塞特就在裡頭。她臂上汗毛直豎，奈芙絲終於瞥見一隻躲在椅子下的黑蠍子了。她蹲下來說：「唉呀，你在那兒呀。」

小蠍子走出來，化成一條張嘴亂咬的灰鱷魚，然後再化成渾身鬃毛的野豬。野豬搖頭低吼，可怕的獠牙差點刺中她的腿，可是奈芙絲沒有移動，甚至連揚起一邊眉毛都沒有。

等塞特變回自己的原來的模樣後，奈芙絲問：「你今天還滅去多少其他物種，你竟能如此輕易地化成牠們的形貌？」

塞特兩臂往胸口一疊，張著鼻孔，說：「我想想看。」他的回答混合著驕傲與嘲弄，「可愛的河馬、沙漠的牛、白尾羚羊。我是不小心為了消磨時間才把牠們滅掉的，這全都是妳的錯，做老婆的不應該在大婚之夜拋下老公。」

「而做丈夫的也不該亂開殺戒。」

塞特的眼神射向她，「妳答應陪我去他們的婚宴時，早就知道我打算做什麼了對不對，我的小預言師？」

奈芙絲冷冷瞪著他，嘴唇緊抿成線。她沒回答，反倒質疑：「造成這種毫無節制的破壞，是否令你覺得很過癮？」

塞特輕嘆一聲，別開眼神。

*我是看到悔意了嗎？*她懷疑。

他細聲回答，但語氣有種潛在的冷漠。「不管妳是怎麼想的，其實並沒有。破壞與混亂並未帶給我快樂，它們只是一種結束的手段罷了，我那麼做是有目的的，不過妳比誰都清楚，不是嗎，我的年輕妻子？」塞特抓住她的臂膀，拉了過去，然後粗暴地撥開她臉上的短髮。「順便告訴妳，我討厭妳把頭髮搞成這樣。」他用手掌緊壓住她的臉頰，雖不會弄痛她，但奈芙絲也逃不出他的掌心。

塞特的眼神落到奈芙絲嘴上，她還不及反應，便被他吻住了。他的唇以飢渴、粗暴而霸氣的方式在她唇上移動。奈芙絲對他做出回應時，塞特似乎頗感訝異。他的吻接著緩和下來，奈芙絲發著顫，如果星星告訴她的事會成真，那麼她知道兩人將會如何。就在這時，塞特戛然打住，扭身往後退開，彷彿想將這份誘惑遠遠拋離。

他眉頭皺出一條線，但隨即消失，塞特幸災樂禍地笑著，將一張原本還算俊秀的臉，扭成醜陋殘酷的樣子。他抓住她的下巴，「好了，妳是打算跟我分享妳的祕密，還是要我逼妳說？我跟妳保證，兩種方式我都喜歡。」

奈芙絲甩著下巴掙脫他的手，往後退開。「你也太快露出原形了吧。」

他眼神閃爍地說：「妳早知道我是什麼樣子，妳一向知道，我看咱們就別再裝模作樣了。」

「也許你說得對。」她靜靜地點點頭。

塞特瞅住她，彷彿想用意念逼她說出祕密。他走開幾步，然後又折回來。「告訴我，妳看到什麼。」

「你還沒準備好聽我說出所有看見的東西。」

「妳想拒絕我？」塞特抓住她的臂膀將她扯過來，「咱們結婚了，奈芙絲。」他喃喃說：「妳可是發過誓要服從丈夫的，妳和妳預見的景象現在屬於我了。我想提醒我任性的妻子，當初結婚可是她的點子。」

「是的。」奈芙絲承認，「是我想嫁給你的。」

塞特揚起一邊眉，「我知道。但我想不透的，是妳的動機。」

奈芙絲沉默片刻，塞特似乎願意放她走了，她再次走開。奈芙絲發現有趣的是，塞特顯然很抗拒待在她身邊，但他又似乎忍不住，所以不斷地跑回來。

奈芙絲考慮片刻後，輕嘆道：「你說得對，混沌之水沒有足夠的能量，你擁有的神力非常重要，這股力量不容忽視。你的力量是維持平衡不可或缺的，就跟亞曼拉照顧宇宙一樣重要。」

塞特眨眨眼，面露驚詫。

奈芙絲很快接著說：「可是你的力量若用錯地方，便會毀掉我們所有人。」奈芙絲咬著下唇，痛下決心。她拉起塞特的手，「塞特，我對你出生所承受痛苦，和你感受的孤寂，感到難過。我知道你是位有巨大能力的人，你很聰明、熱情，可是最近你的熱情變成了執迷與嫉妒。」

塞特面色一凜，奈芙絲忍不住發抖。

「你必須知道，奧西里斯還活著。」她大膽表示，看到塞特不動聲色，奈芙絲繼續說：「你並沒有得逞，你沒毀去他。伊西斯為奧西里斯創造了一副新的身軀，他們的連結讓他又回來了。我知道你恨他，他高朗的笑聲像嘲弄。當你看到他們在一起，就會很受傷。奧西里斯在身邊時，你覺得自己無足輕重，我還知道你自以為愛著伊西斯，但你若看到他們在一塊，便會明白伊西斯只有跟他在一起才會幸福，她永遠不會對你有同樣的感情。」

「他還活著？」塞特眼睛冒火地要求她確認。

「是的，但那不是重點。」

「那什麼才是重點，親愛的老婆？」

「重點是，那是件好事。你還沒有做得太過分，還可以回頭。亞曼拉會原諒你的，我已幫你彌補你做過的事了。」她對他努力微笑，顯得不太自然。

塞特下巴上的肌肉一抽，奈芙絲匆忙把話說完。

「我求你，塞特，別走這條路，我知道你的動機是什麼，你渴望被接受，被尊敬、重視、被愛。你想得到苦求不至的崇敬，希望你的意見跟別人的意見一樣受到重視。那些你以後全都能得到，我跟你保證，你只要耐心等候就好了。」

「我已經等待這麼久了，為什麼還要等？我為什麼要相信妳的預見？為何要信任妳？尤其我知道妳對我，並不像對別人那般尊重。妳也看不起我，別否認。」

奈芙絲猶豫著，不確定該說什麼。她小心翼翼地柔聲接著說：「你說得對。」她坦承，「雖然我不像妻子愛丈夫那樣地愛著你，但群星告訴我，我將來會的。總有一天，我們會非常幸福，宇宙將一片祥和，你心中所有渴望都能實現。知道會有那樣的結局，你便能找到力量，對他人抱以耐心，給我時間，讓我成為你所需要的妻子。讓伊西斯和奧西里斯擁有他們的幸福，夫君。」

奈芙絲靜靜望著塞特深邃的眼睛。塞特終於開口：「我誠摯的新娘子。」他伸出手指撫摸她的羽毛。「謝謝分享妳的感受，我知道這些是妳的真心話，可惜妳錯了，妳被預見的景象誤導了。那些與我無關，所有我想要的事，將來當然都會實現，可是我若好整以暇地坐著不動，就都不會發生了。

「我受夠乞求施捨、幫忙和別人用剩的東西了。宇宙一再教我，想得到什麼，就得去搶，沒有人會好心地直接把東西給我。所以，是的，我將會統治宇宙，宇宙將一片和諧，而妳將變成我需要的那種妻子。如果我必須打造妳，把妳變成我要的樣子，那麼我不會客氣。」

塞特的指尖從奈芙絲的耳朵滑至下巴。「要知道，我一點都不怪妳嫉妒我對伊西斯的感情。」

「不是的，」奈芙絲搖著頭，「那不是我要……」

塞特在奈芙絲的抗議聲中俯身將她打斷。「但妳應該要嫉妒。」他在她耳邊用魅惑的聲音喃喃說：「我會永遠渴望她多於妳，妳將來自會明白，當備胎，被丟在後頭是何滋味。不過妳的法力很強，我打算時機適切時利用妳的力量。我既然可以擁有兩個，又何必滿足只有一位妻子，一位女神呢？」

熱淚刺痛奈芙絲的眼，但她盡可能不讓塞特的狠話在她心中扎根。「可是奧西里斯……」她才開口就被打斷了。

「也可以再次被滅絕。」他不屑地說：「事實上，我應該感謝妳。再度滅掉他，會是個很有意思的實驗，說不定這回我能從他身上獲得更多力量。」塞特碰著她的鼻尖，「有關我的神力，話已經傳出去了，赫里波利斯的人開始懼怕我了。不久他們將明白，我才是諸神中法力最強的，他們會把亞曼拉忘得乾乾淨淨。」

「你並沒有比他強大。」

「也許還沒有，可是等我滅去所有其他天神後，咱們就會知道誰是老大了。」

奈芙絲哆嗦著，塞特知道她也害怕自己，十分得意。這還差不多，他不喜歡奈芙絲知道得比他多，甚至不容許她認為她在掌控。

「當然了，」塞特接著表示，「妳知道我必須適度地懲罰妳背地裡捅我一刀的事。讓所有赫里波利斯居民知道我管不住自己老婆是不行的。」

奈芙絲僵緊地挺直身體，塞特自大地繞著她走，從每個角度評估她。奈芙絲臉上血色盡去，下唇微微發顫。她知道接下來會如何，她只希望自己能勸他改變做法，但她心底清楚，塞特的心意不可能更改。她垂下眼簾，用翅膀包住自己，像是抵禦他的處罰。

塞特接著喃喃吐出幾個將永遠改變她的字，奈芙絲倒抽著氣，感受她所失去的。切割來得如此殘酷迅捷，造成的心理傷痛比實質還大，她的神經末梢微刺著，彷彿尖利的刀子仍停留在她的膚上。奈芙絲眼含淚水，用手掌緊壓住自己的臉，抑制震動全身的哭泣。

「好了，好了。」塞特同情地把她的手從臉上拉開，胡亂幫她把淚水擦掉。「這得怪妳自己，妳知道吧。」

「你怎麼可以這樣？」奈芙絲的聲音令人心疼。

他的眼睛冒出憤慨的火花，「我也不想這樣，奈芙絲，是妳逼我的。而且這很可惜。」他靠向前低聲說：「妳的翅膀，是我唯一覺得妳漂亮的地方。」

她冷著臉說：「我還以為，一個被他人荼毒至此的人，應該得到更多同情。」

塞特嘟囔說：「是的，呃……也許下次妳打算惹怒我之前，會先三思。」

他扭身甩手，彷彿剛才碰著了討厭的東西，然後大步走向門口。

「我不是惹你生氣。」奈芙絲輕聲對退離的塞特反駁，「我是在救你。」

就算塞特聽見了，他也置若罔聞。

奈芙絲倒在地上。亞曼拉在地上找到了她。

他將奈芙絲擁入懷裡，憤怒到臉上散出千顆太陽的灼光。「他會為此事償命。」亞曼拉信誓旦旦地說。

奈芙絲用手掌摁住他胸口，「不行，他不能死，還不能死。我們需要他。」

亞曼拉輕輕抬起她，將輕盈的奈芙絲抱到長沙發上。亞曼拉沒讓奈芙絲躺上沙發，反而自己躺到柔軟的墊子上，讓奈芙絲躺在自己身上。他雙臂堅實，奈芙絲的臉頰倚他胸口，亞曼拉沒說話，直到她漸漸不再掉淚。

「告訴我，我們該怎麼做。」他說。

「他會去找奧西里斯。」她虛弱地說：「如果我們讓塞特找不到奧西里斯，他便會集中精力去追尋伊西斯。」

「他會威脅她。」亞曼拉說：「逼她屈服他的意志。」

「你負責管束他，只要他相信自己能靠魅力，正大光明地追求她，就能轉移他的注意力。」

「萬一伊西斯屈服了呢？」

「她不會的，她對她丈夫的愛非常堅定。」

「但願妳是對的，因為他們合力，便能完成塞特的野心。」

「塞特想要的，並非伊西斯要的。」她仰臉看著他，亞曼拉屏住氣，她濃黑的睫毛上沾著淚珠，亞曼拉從未想過她竟如此美麗，即使剪去了頭髮，裁掉了翅膀，奈芙絲還是很美。

「那她究竟想要什麼？」亞曼拉啞聲問。

「所有女人想要的。」她答道：「一位愛她勝於一切，一個願意為她犧牲所有的男人。」

「妳也應該得到這樣的人。」他說。

奈芙絲抬起手，撫著這位偉大天神的眉頭，「我總有一天能遇到他。」

亞曼拉皺著眉，好希望奈芙絲夠信任他，跟他分享她知道的事。奈芙絲開口了，亞曼拉猛然回神，「你必須讓伊西斯實現她另一個願望。」

「什麼願望？」

「一個孩子。」

「不成。」亞曼拉搖頭說：「妳知道這件事被禁的理由。」

「但無論如何，這男孩必須得生下來。」

「男孩？」

「是的，塞特滅去奧西里斯時，奧西里斯失去了一部分能量，他的法力變弱了，不再是以前那位強大的天神。如果能生下寶寶，塞特從奧西里斯身上竊取的能量，便會轉移到孩子身上。」奈芙絲在亞曼拉懷中轉身，抓緊他的手，「做父母把自己的東西給孩子，是自然而然且該做的。」

「寶寶的力量變強後，會使父母的力量減弱。」亞曼拉反駁說：「他們甚至熬不過孩子出生。即使奧西里斯還留存生命能量，但並不足以創造另一名天神，但他若變成凡人的話……」他語音漸垂。

「兩名天神無法懷上凡人寶寶，而且，你若把自己一小部分能量給這男孩，伊西斯和奧西里斯便可以存活了。」

亞曼拉揉著下巴。

「寶寶能讓塞特轉移注意力。」奈芙絲又說：「塞特會浪費幾十年的時間，汲汲營營地追索他將失去的能量。他會不擇手段地滅掉伊西斯和奧西里斯的孩子，可是你若把能量借給孩子，塞特就無法得逞了。」

「奈芙絲，這事妳確定嗎？」亞曼拉問，眼中情緒澎湃。她知道亞曼拉要問的，不僅是伊西斯未來的兒子。

她燦然一笑，「有了你的幫助，我可以應付得來。」

「我還是不理解妳為何非嫁他不可，妳又不愛他。」他說，奈芙絲聽出他猶豫的語氣，和背後的問題。

「是啊，我並不愛他，但那是一種結束的手段。」

「那麼妳得跟我保證，當結局來臨時，妳一定會幸福。」

奈芙絲拉起他的手，放到自己頰上，並在他掌心輕吻一下，「我保證。」

亞曼拉用拇指輕撫她的下唇，奈芙絲閉上眼睛，享受他的撫觸，然後亞曼拉慢慢離開，扶她站起來。他問：「我得盡快打點這件事，妳會陪我去嗎？如果……妳不太痛的話。」他瞄著她背上，以前翅膀所在的部位。

「我會習慣的，況且我陪你去較有幫助，伊西斯會需要我。」

「妳還能幻化成風箏嗎？」

奈芙絲悲傷地搖搖頭，「看來班奴鳥得靠自個兒飛了。」

亞曼拉咬緊牙關，「那麼在妳能陪他飛之前，班奴鳥就不再飛了。」

「時間有可能拖很久，你難道不會想念飛行？」

亞曼拉轉向她，眼中充滿悔意和一種新的溫柔，「我會更想念有妳在我身邊的時候。」他說。

奈芙絲嘴角一揚，綻出一朵淺笑，「我們得走了。」她說。

亞曼拉牽起她的手，帶她到陽光四溢的房中，奈芙絲知道伊西斯和奧西里斯在那兒等著。亞曼拉揮手傳喚塞特，塞特不得抗拒。

奈芙絲知道她越能拖住新婚夫君，阻止他踏上毀滅之路，便越有利。星星對她竊語，說薇斯芮特得等偉大年代之始，才會出世。世間唯獨薇斯芮特擁有消滅滅絕者的力量。在那之前，奈芙絲必須見機行事，靈活調度，讓塞特忙碌到無心留意到這位凡人天皇，直至她準備崛起。

尾聲

讓步

塞特一進房間，奈芙絲便從亞曼拉王座後邊走出來，站到她丈夫旁邊，並勉強擠出笑容。伊西斯輕聲倒抽了口氣，大概是因為之前未發現奈芙絲的翅膀沒了。塞特見到受到懲治的妻子，似乎怒氣稍解，他拉起奈芙絲的手，霸道地用力握著。奈芙絲發現亞曼拉瞄到塞特的手時，皺起眉頭，她輕輕搖頭，亞曼拉只好把眉頭皺向伊西斯和奧西里斯。

「把一切交代清楚。」亞曼拉命令道。

兩人照實說了，伊西斯和奧西里斯對亞曼拉全盤托出塞特一切所為，包括塞特最近滅掉大森林，將森林變成浩瀚沙漠，連努特都無法在上頭降雨。談話期間，塞特每次想說點什麼，亞曼拉便瞪他一眼，令塞特舌頭打結，只好把怒氣發洩在妻子的手上。

奈芙絲雖極力忍抑，還是忍不住縮起身子，亞曼拉當即發現。「塞特，」他語帶威脅地說：「你別跟你老婆站在一起。」

塞特照做了，雖然他只是重重坐到椅子上，陰沉地臭著一張臉。

「你是否利用法力殺掉奧西里斯，毀去奈芙絲的翅膀？」亞曼拉問道，表情冷到能凍住一座噴發的火山。「他們指控你的事，你全都做了嗎？」「他們」指的是伊西斯與奧西里斯。

「是的。」塞特坦白老實地說：「那是……意外，我不是故意的。只是我一生氣，有時便會失控，何況，我的新婚妻子做了令人髮指的事。奈芙絲為了讓奧西里斯起死回生，減弱了混沌之水，奧西里斯的死雖然不幸，但她是不是應該犧牲自己的一部分，來彌補這件事？也許那是宇宙恢復平衡的方式。」

亞曼拉咬著牙，「你太武斷了，塞特，這件事你應該來找我，而不是自己處理。」

「對付自己的妻子，不正是一個男人的權利嗎？」塞特問。

亞曼拉罵道：「任何男人，無論是凡人或天神，都知道妻子不是拿來對付的。女人會處理自己的事，聰明的男人不會出手干預。不過我想，像你這種乳臭未乾的男孩，還無法理解這點。」

塞特面露慍色。但他還來不及回應，亞曼拉接著又問：「說到乳臭未乾，你何不告訴眾神，你新培育的神力？」

塞特聳聳肩，「在我練習得更熟練之前，我什麼都不想說。」

「我倒覺得你已經練習夠了。」

看到亞曼拉把怒氣轉向伊西斯和奧西里斯時，塞特的瞪視化成了陰詭的笑容。「至於你們二位，很抱歉，你們的所作所為，造成了嚴重的後果。」

「什麼？」奧西里斯攬住伊西斯，將她拉到自己身邊。「你這話是什麼意思？」

「我的意思是，」亞曼拉嘆口氣說：「你的法力已經削弱了，奧西里斯，你雖起死回生，法力僅剩一半。伊西斯不僅一次地違反規定，而且是兩次。她編造咒語，改寫宇宙的本質，我認為你們倆在一起，便會惹出禍事。」

「你到底在說什麼？」伊西斯問。

「我要說的是，你們一定得付出慘痛的代價。很遺憾，兩位必須分開。奧西里斯，從今起，你被放逐到冥界，不得與伊西斯聯繫，直到我認為你們都已記取教訓為止。」

憤怒的淚水衝入伊西斯眼中，「這又不是他的錯，是我不好！是我硬帶他回來的，要罰就罰我。」

「去冥界並不是處罰，而是責任。」亞曼拉語氣和緩地說：「只要他有阿努比斯和瑪特的幫助，就能夠勝任。監看冥界的田地，能賜予他許多平靜，因為他已無法在凡間執行相同的任務了。」

「那塞特呢？」伊西斯問：「他的處分是什麼？」

塞特強忍亞曼拉的判決所帶來的幸災樂禍般的歡樂，盡力裝出悔過貌。

「塞特必須發誓，永不再利用他的法力對付任何天神。我會親自嚴密監督他，這點我可以跟妳保證。」

「就這樣嗎？」奧西里斯問：「在他幹過一切壞事後，只像個頑皮的孩子受到訓斥而已？」

亞曼拉說：「你無權質疑我的決定，你的工作是執行你的義務。」他靠向前，用悲憫的表情轉身對哀哭的伊西斯說：「很遺憾事情會變成如此，我真的很抱歉。不過妳要知道，這是為了你們好。我會先給你們緩刑，明天再說。今晚就好好享受你們彼此的愛吧，明早我會派阿努比斯去帶奧西里斯。

「至於你，」他轉向塞特，「在對我證實你明白如何對待自己的妻子之前，不許你碰她。」

塞特嘴角一垂，頷首半開玩笑地行禮，「如你所願。」他虛應道。

「還有，你今晚不得打擾他們二位，讓他們好好道別，他們會留在赫里波利斯一起度過剩餘的時光，你則到地球上去過夜，反省自己幹下的好事。」亞曼拉對塞特瞇起眼睛，「你若踰越我們的領域，我一定會知道。」

「當然，偉大的天神。」塞特說。他若有所思地瞄了奈芙絲一眼，但她搖搖頭，意思是她不會陪他。老實說，塞特也比較想一個人去，他把手揹到背後，走向分隔各領域的屏障。

啵地一聲，塞特帶著笑意消失在屏障外，且讓他們共度一宿吧，反正還有明天，以及明天的明天。伊西斯一年內就會把奧西里斯忘了，他遲早會把伊西斯奪過來。有了她強大的編咒能力，他想得到什麼都行，他甚至可以讓亞曼拉下台。塞特搓著手，從屏障中浮現，他迎風仰起鼻子，想著接下來要滅去哪種可怕的野獸。

一個小時後，奈芙絲敲著亞曼拉的房門。

「進來。」他喊道。

看到奈芙絲，亞曼拉站起來拉住她的手，讓她坐到身邊的軟椅上，他們倆常在那兒一起喝茶。「她怎麼樣了？」他問。

「果如預期，奧西里斯很快地把她帶走了。」

「妳可跟她說了崔弟的事？」

奈芙絲點點頭，「我給她一整袋打印著班奴鳥圖案的金幣，然後告訴她，只要她不懈怠職務，便可以賄賂崔弟，帶她去見她夫君，不會有人知道的。」

「很好。」亞曼拉說。

「她提到真實的姓名，希望我把塞特的真名告訴她。」

「妳怎麼說？」

「我說只有你能取得塞特的真名。」

「答得真機巧，那表示她會來找我，其實連我都不曉得塞特的真名，但伊西斯不需要知道這點。」

「她以為我愛他。」奈芙絲說。

「妳跟她說實話了嗎？」

「我只答：『寧可愛過而失去，也比從未愛過好。』」

亞曼拉拉起她的手，用指尖撫著她的手背。「妳認為是那樣嗎？」他問，覺得全身每條神經都在等待她的回答。

奈芙絲與他四目相望，眼波流動。「不。」她簡單地答：「愛，一旦找到了，就永遠不會失去。」

感謝

我好像一直忘記感謝我的狗狗了。最近我跟一群作家出去，大夥談到養寵物，以及哪種寵物最適合作家。寫作是一份孤獨的工作，有個忠心的朋友在你腳邊，或當你靈思枯竭時與你相依，是相當有幫助的，所以謝謝我的死黨Bitsy、Murphy，以及我的小貴賓Prissy。

我還想謝謝經紀人Robert Gottlieb，謝謝他屹立不搖的支持，總是不遺餘力地給予我時間與關注。

《天神家族》是一部前傳，我很感激有機會發展這篇故事，以及書中壞蛋的角色。我一向認為，英雄是遇強則強的。

我有幾位姪兒，他們會從他們老媽肩後窺看我接下來寫什麼，他們一到我家，就想找東西拿到學校炫耀。他們的熱情支持我創作不輟，幾個男生連在書展時，都願意驕傲地穿上促銷T恤，還幫我操作Power Point。

非常感謝我的編輯Krista Vitola，謝謝Delacorte團隊，包括Kirsta Vitola和Colleen Fellingham，也謝謝Trident Media Group團隊，包括Alicia Granstein，Nicole Robson，Emily Ross及Brianna Weber。你們的專業對我意義重大。

最後，我要感謝我的讀者。你們全都好酷，希望我們能安排一起去埃及和印度旅遊。=)

附錄 深入討論《天神家族》與《埃及王子三部曲》

1. 與手足相較，塞特感到自己不受歡迎、沒有得到賞識，以及沒有天賦。他該為自己成為這樣的人與所做的選擇負責嗎？
2. 塞特的神力可能僅次於亞曼拉。將他們倆的能力放在一起比較時，是否如同一枚硬幣的兩面，表面上看起來不同，但關係密切？
3. 小說中，伊西斯將心中的祕密願望告訴妹妹奈芙絲。奈芙絲自己有什麼祕密心願？
4. 伊西斯明知眾神之間有禁愛令，但她仍愛上哥哥奧西里斯。被禁止的愛是否更甜美，或更值得爭取？
5. 伊西斯願意為芭妮堤做什麼犧牲？主僕倆的關係如何？
6. 奈芙絲知道的遠比說出來的多。她為何對伊西斯有所隱瞞？
7. 你比較想要擁有滅絕的能力還是創造的能力？為什麼？
8. 毒蛇石是《埃及王子三部曲》中的象徵；莉莉通常被稱為毒蛇石。在《埃及王子前傳：天神家族》中，巴別山的山頂上有一塊巨大的毒蛇石。作者安排這個地點的用意是什麼？你認為這項安排在小說中有什麼重要性？

9. 本書中的所有人物都被要求做出犧牲。他們各自犧牲了什麼？

10. 雖然埃及諸神擁有強大的力量，為什麼仍然感到孤獨？小說中，塞特毀滅生態系統就是象徵發洩孤獨感嗎？

11. 塞特真的很喜歡伊西斯？或只想把她的力量納為己有？你是如何判斷的？

12. 如果伊西斯和奧西里斯沒有墜入愛河，故事將會如何發展？塞特依舊會走同樣的人生道路嗎？

13. 奧西里斯不像伊西斯能及早察覺塞特帶來的危險，是因為奧里西斯對塞特視而不見，或是小看塞特的能力？

14. 如果奈芙絲能預知塞特會是什麼樣的丈夫，她為什麼還要嫁給他？

15. 理解埃及諸神故事的起源能幫助你讀《埃及王子三部曲》嗎？

16. 伊西斯和奧西里斯建立的連結與莉莉和阿蒙的相同嗎？

17. 伊西斯在《埃及王子前傳：天神家族》與在《埃及王子第二集：斯芬克司之心》有何不同？如果失去愛人了，將對你造成什麼影響？

18. 塞特真正想要完成的目標是什麼？可以達成嗎？

19. 在這本小說中，你認為哪個角色成長最多？為什麼？

20. 讀完這本小說後，你對埃及神話的了解有何變化？小說情節符合你對傳統神話故事的理解嗎？

LOCUS

LOCUS

LOCUS

LOCUS